獨舞

独り舞

李琴峰／著・譯

聯合譯叢 085

目次

【導讀二】

從「獨舞」到「眾愛」——閱讀李琴峰小說

紀大偉

台灣年輕作家李琴峰在日本得獎的小說《獨舞》一鳴驚人，已經榮獲多位日本文學專家盛讚。這部用日文寫成的小說一方面回顧一九九〇年代英年早逝的作家邱妙津，另一方面展望二十一世紀的東亞同志人權運動，儼然成為勇於承先啟後的當代同志文學代表作。我必須強調，想要認識「台灣同志『跨世代』連帶」（從一九九〇年代到現在）以及「台灣日本『跨國』連帶」的國內外讀者，都不能錯過《獨舞》。

我在這篇文章的工作，並不是要重複指認《獨舞》在「同志文學領域」的成就，而是要承認《獨舞》在「身心障礙文學領域」的貢獻。小說主人翁趙紀惠在小說開頭，就跟讀者偷偷承認：她向日本人自我介紹的時候故意強顏歡笑，但是她心裡卻想著，「一段簡短的自我介紹引得大家笑聲不斷。當然，沒講的事多著，包括身為女同志，包括『災難』，包括憂鬱症，包括自己其實是以近乎逃亡的心情來到日本的。」也就是說，在《獨舞》載沉載浮的「衣櫃」（秘密）有好幾個：「女同志身分」是一個，揮之不去的「憂鬱症」也是一個讓人難以走出來的衣櫃。（至於「對災難憧憬」這個衣櫃，是指紀惠對於各種死亡的詭異期待。這個衣櫃跟憂鬱症其實是無法切割的。）不過，除了承認《獨舞》可以歸入身心障礙文學「領域」之餘，我也要描繪「從『獨舞』到『眾愛』」的軌跡。「獨舞」一詞固然來自書名，也來自於書中描述趙紀惠從小孤獨生活的生活樣態；「眾愛」一詞看起來像是日本漢字（例如，像「若眾」），但其實是我自己隨手捏造的「獨／舞」對照詞：「眾」是「獨」的相反，「愛」則算是「舞」一種對照。如果「獨舞」類似「顧影自憐」、「自怨自艾」（我在這裡沒有價值評斷的意圖），那麼《獨舞》敘事中，人與人磨合，或可稱為「走出獨舞」狀態的「眾愛」吧。

什麼是「獨舞」？既然「獨舞」動作在書中的寓意已經很清楚，我想要另闢蹊徑，借題發揮。我要借題發揮的基礎，就是美國政治哲學家艾莉斯．馬利雍．

楊（Iris Marion Young）名著《像女孩那樣丟球》（Throwing Like a Girl，國內早已經有中譯本，但絕版）；我延伸提出「像女同志（或，像憂鬱症病友）那樣跳舞」這個想像。一九八〇年代出版的《像女孩那樣丟球》指出，「丟球」對於主流社會男孩來說是極其平凡的動作，但是對於女孩們來說卻是足以讓她們手足無措的挑戰。在鼓勵（或是強迫）「男生好動」、「女生文靜」的傳統社會中，女孩被要求「站有站相坐有坐相」，雙腿只能併攏而不准張開，一旦從事顛簸活動就被警告可能身敗名裂（所謂處女膜意外撕裂）——在這種進退失據的情況中，女孩只能夠「被動地」「躲球」，卻很難毫無顧忌地伸展肢體「主動地」「丟球」。這些女孩不知道該怎樣投入「看似開放給任何人」事實上卻「大致上被男孩壟斷」的「空間」（space），不知道如何拿捏「自我」跟「空間」之間的關係。《像女孩那樣丟球》在一九八〇年所陳述的女孩玩球窘境對今日美國、今日台灣來說彷彿上一輩子的歷史，畢竟今日美國、今日台灣都有無數女性投入球類活動、成為笑傲球場的女將。但是，《像女孩那樣丟球》指陳的「女性委屈」一點也沒有過時。例如，在許多國家的捷運車廂上，男性乘客肆意張開雙腿排擠其他乘客（包含許多女性乘客）空間的「男性張腿（或稱「父權開腿」）」（manspreading）之舉，至今仍然廣受爭議。「男性真好意思開腿」和「女性不好意思丟球」是一搭一唱的現象，顯示不同「社會身分」（在此，是男性身分和女性身分）對應了不同的「空間權利」（誰有權力決定每個乘客的勢力範圍？）、「（自己面對自己的）身體意識」（我應該修身，還是應該放縱身體？）此外，延燒世界各國（含日本、台灣）的「#MeToo」抗議運動也揭露了無數「女孩不會丟球／男人懂得控球」的暴力腳本。

剛才我凸顯的社會身分，是被重男輕女意識型態（sexism）邊緣化的女性。《獨舞》主人翁紀惠的社會身分，除了女性，還有被異性戀至上主義（heterosexism）意識型態排擠的女同志、被身心健全主義意識型態（ableism）噤聲的憂鬱症病友。在異性戀至上主義底下，人人都必須是異性戀者，否則就沒有容身之地；在身心健全主義意識型態底下，人人都必須手腳反應健全、五官知覺敏銳、心中用愛發電，否則就被迫成為隱形人。如果一九八〇年的美國女孩還沒辦法放手丟球，那麼今日的女同志和憂鬱症病友又可以怎樣跳舞，怎麼樣以被邊緣化的社會身分爭取「空間權利」、伸張「身體意識」？

舞這個動詞，我想可以泛指生活（或是求生）的種種動作。《獨舞》描述形形色色、散置各國的女同志和憂鬱症病友，有些仍然躲在洞中，有些出洞相互取暖，有些脫胎換骨。雖然她們都是獨舞者，但是她們也勇於嘗試其他生命選擇，例如眾愛。

對女同志和憂鬱症病友來說，孤獨和缺愛都是常態，兩種狀態還會互相催化。我在《獨舞》看出從獨舞轉向眾愛的軌跡，是因為我發現書中許多角色其實不甘於留在孤獨和缺愛的既有狀態，而願意放手一搏，從獨邁向眾，從舞邁向愛。這裡說的眾，是指原子的串連：書中眾多角色願意慷慨走出偏安一隅的角落，伸出觸角到處尋找同類人，將原本各自像是原子一樣分崩離析的孤僻角色串連起來。

那麼，什麼是愛呢？

說來奇妙，《獨舞》和《獨舞》致敬的邱妙津作品《蒙馬特遺書》都慎重其事提出對於「愛」的定義。要不是我發現兩個作品都在乎愛，我才不會在這篇文章標題強調「眾愛」。在《獨舞》中，兩個女孩很有默契，不約而同提出張愛玲短文〈愛〉（也就是提出「原來你也在這裡」名句的那篇膾炙人口短文），為難以捉摸的愛提出註腳。張愛玲的〈愛〉早就為人津津樂道，我在這裡不必續貂。那麼，《蒙馬特遺書》所說的愛是什麼？在《蒙馬特遺書》開始跟「小詠」發言之前，該書引用了巴西女作家李斯佩克特多（Clarice Lispector）短篇小說〈愛〉的其中一段：「從前的年輕時代之於她如此陌生彷彿一場生命的宿疾。她一點一點地被顯示且發現，即使沒有幸福，人仍能生存：取消幸福的同時，她已遇見一大群人們，是她從前看不到的；他們活著如同一個人以堅韌不懈、勤勉刻苦和歡樂而工作著。在安娜擁有家庭之前所遭逢的從沒超出她所能及的範圍：經常和難以維護的幸福相混的一種激擾狂熱換得的是，最後她創造了某些可理解的東西，一份成人生活。如此，這就是她所願意和選擇的。」說來奇怪，《蒙馬特遺書》書裡書外被各地讀者考證了幾十年，但是這段來自李斯佩克特多的引文（形同為《蒙馬特遺書》全書定調的玄奧前言）很少為人討論。或許因為這段引文看起來實在沒頭沒腦，缺乏脈絡，所以讀者一不小心就跳過去了。連我自己都是到了二〇一九年才真正讀過李斯佩克特多的短篇小說〈愛〉

全文：如果只看邱妙津提供的〈愛〉節選而沒有看〈愛〉全文，讀者可能不知道邱妙津葫蘆裡在賣什麼藥。

李斯佩克特多短篇小說〈愛〉呈現安娜，一位已婚人妻，婚後甘願平凡的生活。她在年輕時代喜歡胡思亂想，但是婚後她就安分守己了，因此覺得幸福。到這裡為止，就是邱妙津的節選。但是在邱妙津節選之後，安娜還有故事（也就是邱妙津割捨的部分）：她出門買菜，上電車後不小心打翻一整個紙袋購買的菜，打破的蛋黃在地面四處流溢。更讓安娜無名震撼的是，她看到一名盲人嚼食口香糖：這個陌生人的樣子讓安娜心裡一震，驚覺原來世界還是有很多人需要愛啊。驚慌失措的安娜回家，被老公安慰，才得以結束一天。全文結束。

其實也算是身心障礙文學文本的〈愛〉全文，沒有任何對白，使用類似張愛玲的神經質詞彙，大張旗鼓顯示安娜大驚小怪的婚後心情。跟她發生愛的對象，是老公嗎？還是讓她突然發現自己其實是活在溫室花朵的盲人？安娜是否可以跟盲人說一句張愛玲的名言，「原來你也在這裡？」

跟陌生人偶然擦肩而過，突然心生濫情的波濤，愕然發現自己的安逸生活讓人窒息噁心，原來這些就是愛的症候。冬夜，我想要借用李斯佩克特多點燃的火花，撒在李琴峰《獨舞》裡頭手腳冰冷的孤男寡女身上。

（本文作者為國立政治大學台灣文學研究所副教授，著有《同志文學史》）

【導讀二】

再生之書

楊佳嫻

由在日台灣人李琴峰（一九八九—）以日文寫成的《獨舞》，主角趙迎梅／趙紀惠的情感資源——文學——複雜地鑲嵌在台灣當代文學、日本文學、中國古典文學交互參照的網絡裡。它是日本文學的一部分，也不妨視為台灣文學的外延。

就台灣歷史的角度看，小說提及大事件如九二一大地震、太陽花運動，小範圍事件如台大百日維新，鮮明地標誌出新一代女同志成長的波折與記憶據點。就女同志書寫的意義來看，《獨舞》再三向邱妙津致意，讀者們當可在小說裡感受到一種氛圍，由台大校園、文學課室與社團活動共同催生，似曾相識讓人想起《鱷魚手記》；然而，李琴峰卻有意展現青春大觀園的負片，所謂「對同性戀最友善的大學」，其實充滿了人際的黑水，主角受過傷的身體與心，封閉成為一隻恐怖箱，也許自己都不知道伸手到裡頭去會摸到什麼。就文化交匯的意義來看，《鱷魚手記》中屢次叨念著太宰治、三島由紀夫，日本近代文學中關於羞恥、美、死亡和文學的思考，也已內涵為邱妙津作品的血肉，而李琴峰則把這樣的邱妙津再吸收吐哺，使之能在日本文學中現身，也再次證明邱對不同世代台灣女同志自我認同塑成的長久影響。

然而，這部小說並非邱妙津顯靈版或轉世版，而是與邱妙津相距數個世代的年輕作者，展現了屬於台灣女同志文學文化活生生的遺產，也預備要說一個關於自己的故事——來自資訊求取迅速、交友管道相對便利、出走到異國相對自由、文化認同內容相對豐富的世代與社會中行走的女同志。可是，環境條件雖然轉好了，並不意味著做為女同志的孤獨感就能完全驅散。

二十年前，張亦絢發表小說〈性愛故事〉，裡頭那些少女同志們「知道的同性戀不過紀德王爾德，全都是鬼魂級的人物」，找不到文化認同所繫，何況這些例證還都是生理男性；小說且精準形容，當同性戀遇到了另一個如假包換的同性戀，「豈只是他鄉遇故知呢」，因為當時同志們要在稠人廣眾中辨認彼此的存在，仍需要迂迴試探，害怕弄巧成拙，畢竟整個以異性戀法則構成的世界都是異鄉啊。回到《獨舞》來看，不只邱妙津、賴香吟、陳雪，小說裡提及的還有中山可穗，這些台日文學閱讀同時滋養了寫作者與女同志這兩重自我，甚至成為相認暗號——遠赴雪梨參加同志遊行，另一對來自台灣的男同志情侶不就憑著主角手上那本陳雪《惡女書》，認出她的國族／性別身分嗎！

趙迎梅很早就萌發了性別意識，當然，很快也就發現嵌不進社會常模。帶有神祕之美的小學同學丹辰，是她情感首先投注的對象。什麼樣的情感呢？就是社會常模中人們認為王子與公主之間應該發生的那種，但是，她和丹辰，是兩個女生。這段感情以丹辰意外死亡作結，我要再度引用張亦絢同一篇小說裡的鏗鏘之言，「同性戀是初戀即出生……哪有本錢像異性戀那麼蹉跎？——按部就班的成人，那真是貴族極了的想法」，正是以丹辰之美與死作為起點，魂兮歸來，趙迎梅僅僅是小學生，卻藉此確認了作為女同志的自我的生存感。

《獨舞》主角把名字從趙迎梅改為趙紀惠，一方面具備在日本生活時的便利性，另一方面，改名，意味著求取不同命運，也是一種告別過去的手勢。然而，即使改了名字，人還是同一個人，身體還是同一個身體，發生過的事情也並未因此斷尾留在過去。主角遭受以女同志為報復對象的男性暴力，因此，此一仇恨行動同時作用在兩種身分上：女性與女同志。這非自願的經驗似乎把迎梅改造成為曖昧的事物：一開始的小心翼翼與憐憫，是把她當受害者看，後來人們的不以為然，則是氣憤她何以不能扮演一個走出陰影、迎向陽光的正面形象，她在人群中的獨行與隔離，像是在提醒這個世界如何不夠、遠遠不夠。甚至，小說裡暗示了這樣的真實：女性與女性，女同志與女同志，似乎是社會運動中一種緊密相依的分類，承擔同樣的不公，然而，她們同時是一個個單獨的存在，共軛卻不必然保證就能感受同樣的苦。

自陳雪《人妻日記》問世以來，似乎象徵著迎來了台灣女同志的春天：與認同苦苦搏鬥掙扎的身影轉蛻為再尋常不過的日常情愛修行。但是，探問自我根源的需求與呼聲，走過泥濘與輾壓的膽戰，並未從文學中消失，也並非就此從女同志的人生清單上刪除；輕盈如李屏瑤《向光植物》，沉重如《獨舞》，都仍試著回應。畢竟，保守勢力持續播散惡意，選舉受挫拿性別平權作為替罪羔羊，回望這樣的世界，對人間保持友愛，並不是容易的事。

「透過書寫死亡，她終於活了下來」。小說裡，主角在地震、成長與夢境中，確認了丹辰及其粉逝對自己的意義。在丹辰之後的人生，一切彷彿都成了餘生。相對於丹辰，相對於邱妙津及其筆下世界，趙紀惠走過了狂鬱與死亡征途，堅持與孤獨對奕，這或許就是倖存者繼續護持勇氣的方式。

（本文作者為國立清華大學中國文學系副教授、作家）

獨舞

李 琴峰

Li Kotomi

独り舞

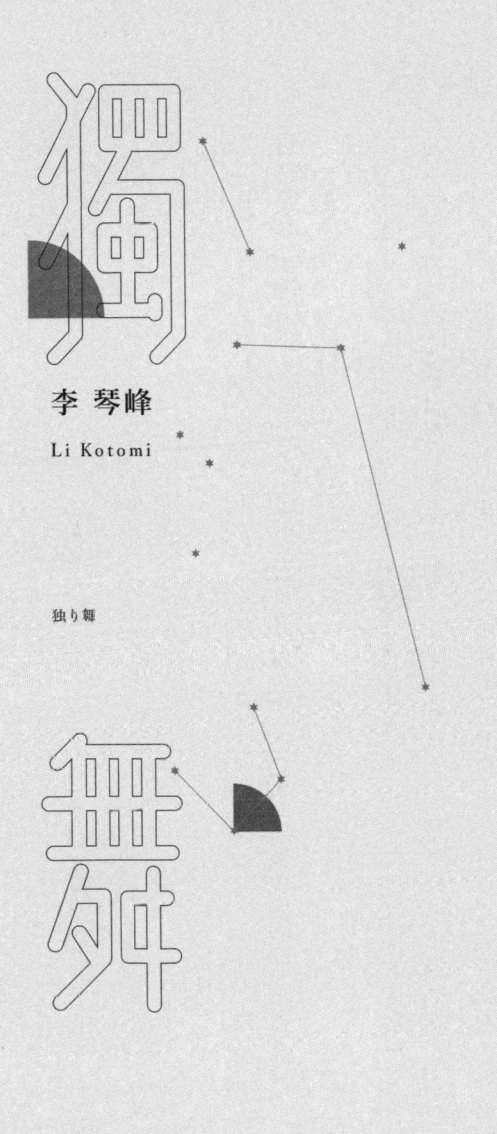

01

死。

死亡。

兀立於高層辦公大樓的二十三樓，她一邊透過大面玻璃落地窗俯瞰城市霓虹爍閃，一邊反覆在心裡玩味著這個詞語。

多麼悅耳的詞語，輕柔似微風低語，柔軟如夢境絨毯。

她並非對死亡懷抱著什麼特別的憧憬，但對生存卻也沒什麼執著。還活在人世之時，她會盡可能地努力活著，但若有天生存的苦痛超越了得以忍受的範圍，或許她便會毫無猶豫地選擇死亡吧。

這樣的生死觀在這世上是否少見，她不得而知。或許大家只是嘴上不說而已，其實心裡的想法都大同小異。

例如她現在俯瞰的這片風景，穿梭其中如蟻群般忙碌來去的人們，有多少人是即將面臨死亡的？或許有人會從高樓樓頂縱身躍下，有人會在電車疾駛而過的瞬間跳入軌道，又或許有人為了慶祝結婚紀念日，正在前往某處高級餐廳的路上遭遇車禍。在她看來，所謂「活著」不過是一種偶然所造成的結果罷了。

「人類早點滅亡就好了。」

她想起昨天她不小心說出口的這句話。說日文時就是這樣，有時候管不住嘴，心裡所想的還來不及過濾，便衝口而出了。

那時他們在公司餐廳裡，早她兩年進公司的岡部前輩正滔滔不絕地談論著經濟的話題。岡部畢業於東大，身材高瘦，一張臉戴著眼鏡看起來活像隻眼鏡猴，但是腦筋轉得極快，對數字與計算的敏感程度也是部門內同事公認的。他說，日本現在負債已超過 GDP 兩倍以上，不久的將來日幣肯定會史無前例地大貶值，所以最好看準時機早點把資產都換成美金才好。同桌的員工無一不認真地聽他開講，她卻只是漫不經心地發著呆。理論上，這種關於未來的現實話題對年僅二十七歲的她來說應該是密切相關的，但她心裡卻總覺得事不關己，彷彿有一道雖然眼不可見，卻永遠無法跨越的高牆橫阻在她的前方似的。十年、二十年後的世界，在她聽來彷彿是百年千年般的遙遠未來，她總覺得，在那世界裡自己理所當然地將不復存在。

岡部口若懸河地繼續說道，國家這種東西為了避免滅亡，緊急時就連國民也會輕易犧牲的，想想戰爭時發生過什麼事就知道了，國家的負債肯定是要從國民身上搾取來還的，日本這個國家窮雖然窮，有錢人卻多得很哪。就在那個時候。

「在那之前人類早點滅亡就好了呢。」

話甫說出口，她便察覺了自己的失態。岡部只是斜看了她一眼，說了聲「是啊」就沒再搭話。幸好這時午餐時間剛好結束，她鬆了一口氣。

這句話聽來幼稚至極，某種程度上卻是她的真心話。她內心某處總是想著，能將一切事物導向平等，同時治癒所有傷痛的，除了死亡再無其它。

——在其他人看來，這樣的想法大概屬於少數派吧。至少，和她同時期進公司的同事在談起未來時，便彷彿死亡的陰影永遠攫抓不到她一般。

兩年半前的新進員工培訓時，有場談人生規劃的講座。所謂人生規劃，內容不外乎你想過什麼樣的人生，為了實現又必須做些什麼準備之類的。演講中語帶威脅地提到疾病與意外的可能性（所謂「風險」），然後再自然也不過地推銷起了保險（所謂「風險管理」）。

保險。若「死亡」是這世上最悅耳的詞語，「保險」大概就是最俗氣下流的了，這種利用人類對不可知未來的恐懼來賺錢的生意呀，且為了能賺到錢，還會刻意排除那些真的需要保險的人，怎麼想都覺得不上道。

然而這樣想的似乎也只有她了。坐在她右側的由佳興致勃勃地問道，吶，妳想買哪個方案？大學剛畢業的由佳談起未來，說她想在三十歲前結婚，想要兩個小孩，還想要買獨棟的房子。由佳專心地讀著培訓講座發下的理財講義，開朗笑著的側臉令她想起盛開的向日葵。但未來這東西對她而言虛無縹緲，如肥皂泡般隨時可能啪地一聲消失無蹤。肥皂泡在尚未消失之時會在日光照耀下散發七彩光芒，會溯著重力向上飛昇，但一旦消失便是完滿的破滅，不留一點痕跡。

「我不打算買保險喔。」她若無其事地如此答道。

「咦？真的？」由佳露出一副不可置信的表情如此回應，但也沒再多說什麼。

其實就算想買也沒得買。演講裡介紹的保險是公司福利制度的一環，雖然保險費便宜，卻有嚴格的購買限制，像她這樣曾上過精神科，又定期在吃抗憂鬱症藥物的人，是沒辦法買這保險的。當然，為了避免被問東問西，她知道自己絕對不能說實話。

由佳接著問了坐在她左邊的繪梨香：「繪梨香妳呢？妳對哪個方案有興趣？」

繪梨香靦腆地笑著回答：「我想我大概沒辦法買吧，看我的腳……不過這還得問過我的主治醫生才知道就是了。」

「對喔……抱歉。」由佳面帶尷尬地道了歉。

繪梨香在大學一年級時出了場車禍，從那之後就略跛著一隻腳。她知道這麼想很不應該，但當她每看到跛著一隻腳走路的繪梨香的身影，便覺得那身影實在令人心痛又惹人憐惜，也因此對繪梨香懷抱著一種類似同病相憐的親近感。她一面對自己因這樣的理由懷有親近感而感到些許愧疚，一面與繪梨香維持著良好友誼。

繪梨香不擅長在人前說話。培訓結束後兩人分發到同一個大部門，自我介紹時繪梨香口吃了好幾次，最後勉強以「請大家多多指教」作結。而她則開口便是：

「我是非常興高采烈（Cho Norinori）的趙紀惠（Cho Norie），來自台灣。啊不過別搞錯了，我超討厭珍珠奶茶和鳳梨酥的。」

一段簡短的自我介紹引得大家笑聲不斷。當然，沒講的事多著，包括身為女同志，包括「災難」，包括憂鬱症，包括自己其實是以近乎逃亡的心情來到日本的，也包括 Norie 這日式名字其實是自己取的。

剛認識時還察覺不太出來，但相處時間久了，她便漸漸注意到繪梨香有著她堅強的一面。有回在公司電梯裡，一起搭電梯的不認識的大叔竟神經大條地指著繪梨香的腳搭話道：「妳真辛苦。」而繪梨香只是羞怯地笑著說道：「不會，很多人都比我還辛苦得多。」

就算繪梨香這話只是隨口應對，對於繪梨香能如此自然地說出這話，她仍感到些許不可思議。每想起繪梨香這彷彿接受了自身傷痛的話語，她就會想到，那麼無法承受的傷痛又該如何是好？世上存在著許多無法克服的痛楚，若企圖將這種無法克服的傷口不露痕跡地藏起，難道就構成一種不誠實嗎？

望著以夜空為背景映在玻璃落地窗中的另一個自己，她如此輕聲問道。漂浮在虛空中的另一個自己也無聲地開闔著雙唇。她伸出手碰觸玻璃牆，另一個自己便同樣伸出手來與她的手掌交疊。玻璃的冷涼觸感透過手掌沁入體內，夜空中漂浮的雲朵在群集的商業大樓亮晃晃燈光照映下，看起來像混濁的灰色煙塊。她輕輕地嘆了一口氣。於是玻璃起霧，霧氣覆蓋住玻璃另一端自己的臉。

02

她是在何時初次感知到覆蓋著自己的巨大黑影的存在的？而那黑影的根源究竟為何？無論如何回索記憶的藤蔓，答案仍遍尋不著。

生於台灣彰化縣鄉下地方的她，家裡並不算貧窮，也沒有諸如家暴一類的複雜問題。極其平凡的核心家庭，父親做生意買賣機車，母親在附近的幼稚園任教，雙薪家庭經濟上相對寬裕，因此父母從她小時便為她買了很多書，童話故事或偉人傳記一類。至今她仍記得，從大字還不識幾個的小學低年級開始，她便總是利用課間休息以及放學後的時間，靠著注音符號如爬陡坡那般緩慢卻耽溺地閱讀著那些書籍。由於不大與人交談，周遭同學似乎都覺得她頗為陰森而疏遠著她。

「迎梅一直都不大開朗，頗令人擔心。」

她曾偷聽到班導與父母的談話。「迎梅」是她那時的名字，由於她生於一月，父母便為她取了這個名字。

自從懂事以來，她就隱約察覺自己似乎不同於他人。她對王子與公主結合的童話故事總是感到格格不入，反倒是幻想著自己成為桃樂絲，與美貌的北方魔女一同踏上冒險之旅。這種感受顯然和周遭大相逕庭。

小學四年級重新編班後與施丹辰的相遇，使她在此前那隱約模糊的感受轉變成了確信。肌膚白皙的丹辰總是一副朦朧神情讀不出喜怒哀樂，舉手投足看起來都恍恍惚惚，彷彿下一個瞬間便會消失無蹤的那般充滿不安定感，一雙漆黑的瞳孔則是含蘊著幽微的靛藍光澤，使人想起投映著月亮的夜晚湖面。直至十幾年後她有時仍會夢見丹辰，儘管臉部細節大都已然淡去，唯有那對雙眸總是每次都清晰地浮現。

她肯定是在看見那對瞳孔的瞬間，便被丹辰深深吸引了。那時她連戀愛這個詞彙最通俗的意義都尚未習得，卻已直覺地理解到，在自己心中蠢動不已的情感漣漪，正是童話世界裡公主王子間存在的那種類型。

她一直偷偷注視著丹辰，卻始終未曾與她說上一句話。

一年後的秋季，剛升上五年級的開學典禮那天，班導對全班告知了丹辰的死訊，說是在暑假期間，丹辰坐在母親機車後座，在前往鋼琴教室的途中出了車禍，被砂石車撞到了。班導要求全班閉眼默哀，在整間教室為寂靜所包圍的三分鐘內，她不斷地思考著，死去的丹辰究竟去了哪裡？屍體是否還在？她在心中無聲描摹著沉入安詳永眠的丹辰，那張虛幻而又蒼白的臉龐。

幾天後，班導帶著全班到醫院上香。太平間外走廊的一個角落掛著丹辰的黑白遺照，在一片陰鬱的氣氛之中，全班整齊地排成兩列，由班導代表插了香。她抬頭仰視丹辰遺照，遺照裡丹辰露著柔和卻又帶著些許哀傷的微笑，也回望著她。好美。她打從心底如此嘆息道。

「好想再見丹辰一面唷。」

放學後，幾個同班的女生聚在一起說著話，她偶然聽到丹辰的名字，便也加入了話題。

「是呀，就算是屍體也好，好想再見她一面。」

同學的狠目瞪視使她察覺了自己的失言。幾年後已知人事的她回想起時，也不得不承認那話說得實在太過輕率，但彼時的她卻相當認真，畢竟那時她既未成長到懂得避諱關於死亡的詞彙，而被砂石車輾過的屍體會是什麼悽慘的形貌，也不在她的想像範疇之內。對那時的她而言，無關乎是生是死，她就只是單純醉心於丹辰的美而已。

從那天之後，關於丹辰的記憶遭到了凍結，從此不再更新。丹辰的時間之流就此永遠地停止，但她的時間卻繼續向前流去，無關乎她願不願意。

她做了個夢。她馬上理解到那是個夢境。夢裡，丹辰沉穩卻有些虛幻地微笑著，一雙憂傷的瞳孔如箭矢般直直凝視著她。啊，在悲傷呢。她心想。但是，是誰在悲傷？她不清楚，是她感知到了丹辰的悲傷，還是她自己在悲傷？突然她發現丹辰正逐漸離她遠去。不，不對，不是丹辰在逐漸遠去。是她在逐漸遠去。她與丹辰站在同一條河流裡，但只有她被河川的奔流沖走，逐漸離丹辰遠去，而丹辰只是默默地立於原地，靜靜地望著狼狽掙扎的她。

當她被猛烈震動與巨大聲響吵醒時，天與地都不斷搖晃著。丹辰的身影消失了，窗外仍是一片漆黑，只有床邊夜燈薄弱的光芒仍努力與周遭的黑暗抗衡著。掛在牆上鑲著畫框的繪畫落到了地上，木頭書櫃也倒了下來，偉人傳記和世界文學全集散落一地。玻璃碎裂聲。有人在遠方尖叫。鄰居發出的噪音。救護車的警笛聲。若是世界就此終結該有多好。意識朦朧之中，她如此想道。不久夜燈也熄滅了。她再次閉上雙眼，感到眼角有些濕潤。丹辰的臉龐再次於黑暗中浮現。

再次睜開眼時，她被父親揹在背上，一旁母親抱著兩歲的弟弟。她們人在外面，時間似乎還是半夜。靠著路燈的暗黃光芒，她認出周遭站著許多人影，嘈雜的喧囂聲不知要持續到幾時。她聽到小孩的哭叫聲。男孩。女孩。收音機的雜訊。她抬頭望向天空。月亮散發著柔和的光芒，卻略略缺了一角。

那瞬間她真正明白，自己永遠再也見不到丹辰了。

03

「小惠妳就是那時注意到，自己只能喜歡女生的？」

她將丹辰的往事與那場大地震的經驗告訴小書後，小書如此問道。

她與小書在新宿二丁目裡一間名為 Lilith 的酒吧裡小酌。「小惠」是她在性少數圈裡使用的中文暱稱，日語的暱稱則是リエ。Rie，理惠。

「不是『只能』喜歡女生，是『就是』喜歡女生。」她訂正道。

小書本名李書柔，由於「書」在日文裡讀作「sho」，因此在日本大家都稱她 Sho-chan，翻成中文便是「小書」，所以懂中文的人也有人會用中文稱呼她「小書」，但由於「小書」與「小叔」音近，因此本人似乎不大希望這個稱呼傳開。

小書與她相同年紀，都是台灣人，但她是在大學畢業後立刻來到日本，小書則是在台灣先工作了一陣子，去年才來的日本。現在小書在東京一邊上著語言學校，一邊在找工作。小書剛來日本時，在ＰＴＴ拉板上發了一篇題為「有圈內人在東京嗎？」的文章，那便成了兩人相識的契機。

「還不是一樣？」

「差多了，請不要用『只能』這種缺乏能動性的字眼來描述我的性取向行嗎？」

「妳很龜毛耶。」小書一邊笑著說道，一邊將裝著金黃色啤酒的酒杯靠到嘴邊啜飲了一口。「簡直像日本人一樣。」

「不是『龜毛』，是『擇善固執』好嗎？」她也笑著回應。

與心有千千結，凡事老想太多的她不同，小書總是對什麼事都不大在乎，一副無拘無束的樣子。有時散漫過了頭會讓人看了心裡焦急，甚至捏把冷汗，但相處起來頗為輕鬆。

週五的二丁目總是一片熱鬧繁華，且九月底又是東京最舒適的季節，盛暑方過，既沒有夏日的濕氣，也沒有冬日那刻膚刺骨的凜冽寒風。夜晚十一點，重低音的夜店舞曲從數家店內流洩而出，路上好幾對同性情侶並肩走著，知名店家的店外更是大排長龍。

Lilith店內也播放著輕快的音樂，不滿三十平方米的狹窄空間裡塞了二、三十人，年齡從二十幾歲到四十幾歲不等。店內客人以日本人居多，但也有如她和小書這樣講中文的人，或是一口道地英語的白人女性。Lilith是間限女性的拉子酒吧，但店內也有不少光從外表難以判斷性別的客人。一位看起來大學生年紀，一頭烏黑長髮的女孩在店內的卡拉OK機器點了歌，於是原先的西洋歌曲淡出，由松隆子所翻唱的〈真實的我〉*前奏靜靜流淌而出。

「那妳是為什麼會想來日本呢？」

這個問題她自己已被日本人問過無數次，這次輪到她問小書了。她一直頗好奇小書的動機，畢竟日本雖然近年來LGBT議題逐漸受到重視，但「同志沙漠」

*譯註：原題〈ありのままで〉，迪士尼電影《冰雪奇緣》日語版主題曲。

的惡名可不是那麼輕易就能洗清的。再說小書來日本轉眼也已過了一年半，至今卻總無法適應日本社會似的，總是抱怨著日本人死腦筋，在細節上太過龜毛，行動劃一毫無個性可言等等。

「我也沒想太多，朋友找我來我就來了。」

「最好是。認真回答啦。」

她知道小書不大擅長認真的自我剖析，因此多半會打馬虎眼試圖糊弄過去，果然給她猜中了。小書嘆了口氣，那嘆息中大有「果然糊弄不過去嗎」的意味，接著沉思了好一會兒才回答。

「如果妳在台灣工作過就知道，台灣讓人作不了夢，連夢想的尾巴都看不到。每天起床就是夾在一大群機車裡去上班，工作累得像狗一樣，領那一點吃不飽也餓不死的薪水勉強維持生活……」

小書又啜了一口啤酒。她也舉起手邊的 **Kahlua** 咖啡牛奶調酒湊到唇邊。此時那位女大學生的〈真實的我〉剛好進入副歌。小書繼續說道。

「就算是現在，當我一想起台北的天空，眼前浮現的總是一片灰色陰沉的景象。有天上班途中在等紅綠燈時，我抬頭看了看天空，突然有了個想法——難道我還要看這片陰沉的天空看上個二、三十年嗎？」

她望著小書的雙眼，在那眼裡她彷彿同時看到了對一成不變的未來的恐懼，以及變化的契機必須由自己來創造的那種積極光芒。

「正好那時路邊有家吉野家，我看了就想，不然，就去日本吧。我把這想法告訴那時在交往的女友後，自然是一陣大吵啦。她又是抓住我哭著說不想分開，又是企圖說服我，說我沒錢又不會日文，去日本做什麼？但那都沒用，離開島嶼的想望像在心底紮了根似的。於是我就跟她分手，辭了工作，向父母借了錢出來了。然後，就這副德性啦。」

小書一邊苦笑一邊乾了手邊的啤酒，又向店員點了一杯。她也點了一杯 Cassis 柳橙調酒。小書所做的決定某種程度上可說是毫無計畫的魯莽行事，但那決定裡卻蘊含了毫無他人干涉餘地的，小書自身純粹的自由意志，這點使她相當羨慕。她至今也為自己下了許許多多的決定，但那些與其說是自由意志，不如說是順應每個當下的時勢所導出的最佳解答罷了。她感覺她不過是個被某種神秘力量所操縱的傀儡。

〈真實的我〉唱完，店內響起一陣掌聲。小書拿過遙控器，點了飛兒樂團的〈刺鳥〉。店裡大部分客人都是日本人，小書卻不怕破壞氣氛，偏要點中文歌，這也是她的厲害之處。

前奏流淌而出，店內氣氛瞬間冷卻了下來，但小書絲毫不顧他人反應，自顧自興高采烈地唱了起來。她坐在一旁靜靜聽著。

就像刺鳥的宿命
悲劇而勇敢
用生命交換結局的燦爛

04

九二一大地震震撼了全台灣，同時也帶走了她的一部分靈魂。

丹辰的臉龐浮現在每一個她闔眼的瞬間，丹辰的微笑占據了她的每一個夢境；就連偶然入眼的綻放於路旁的白色小花，都使她彷彿聞到丹辰的甜美幽香。那是屬於死亡的芬芳，是記憶中亡者的幻影。即使如此她除了仰賴記憶維生之外別無他法，在記憶過期之前，天空仍然蔚藍，世界依舊鮮明。

然而，隨著東北季風逐漸轉強，記憶也逐漸黯淡無光。如今丹辰的臉龐即便在腦中浮現，也只是現影為一片模糊的輪廓，除了那雙略帶憂傷的漆黑眼眸外，一切都像是某種曖昧色彩的粉塵，風一吹便四處飄散，杳無蹤跡。又過一段時日，就連色彩也從粉塵剝落，輪廓化成一片毫無生氣的淡灰煙霧。萬物褪去色澤，天空刷成灰階。

不知從何時起，哭泣成了她的家常便飯。家常便飯，顧名思義，即使是在茶飯之時，她也會毫無預兆地落淚。無心於學業功課的她，月考成績從班上頂尖水準一路下滑。初潮來臨之後，丹辰有時會化作滿身鮮血的屍體出現在夢中，使她多次尖叫著醒來。獨自一人在家時，她有時會突然拿著紅色彩色筆在雪白的牆壁上胡亂塗抹，或是拿著白色童軍繩緊緊勒住自己的頸脖。父母察覺了她的異常行為，趕忙向各方面尋求協助，一開始還以為是在地震時受到驚嚇而魂魄飛散，便帶著她到廟裡收驚，又灌著她喝廟裡求來的符水，卻絲毫不見成效，於是只好轉而求助西醫，帶她到兒童精神科接受心理諮商治療。

但就連那心理諮商室都使她聯想到太平間的死白，兩週一次的心理諮商治療對她而言只是徒增苦痛。反正他們根本不可能理解，她也什麼都說不出口。自己愛上了丹辰，但丹辰卻已不在了——這她如何說得出口？心理諮商師幾番試圖撬開她重重上鎖的心扉，探尋異常行為的原因，拋來的問題卻總是不得要領，這也使她感到相當滑稽。「她從地震之後就突然變這樣了」，父母提供給諮商師的資訊似乎誤導了諮商師，因此似乎就連諮商師都以為地震的驚嚇才是主因。

沒有任何一個人聯想到丹辰。而其實說穿了，真正在擔心她的也沒幾個人。她原本就不是太醒目的存在，下課時間也總是一個人坐在座位上看書，不大與同學玩耍，上下學也總是獨自一人，獨來獨往。有時她會覺得，她在班上沒被同學欺負，或許根本是因為她連被欺負的存在感都沒有。

進入新世紀後，時間彷彿被誰按下了快轉鍵般，兩年的歲月轉瞬流逝，一點記憶也未曾留下。她以墊底的成績從小學畢業，畢業典禮那天她沒去學校，但畢業證書和畢業紀念冊仍寄到了家中，像是在對她說著，妳非畢業不可。某個七月午後，烈日毒辣，蟬噪如潮，百無聊賴之中她隨手翻了翻畢業紀念冊，一百多頁的厚實雪銅紙，她的班級所佔篇幅僅止六頁，除去全班合照與個人獨照，就只有一張照片有照到她。畢冊照片裡絕大多數的人都只認得臉孔，連名字也想不起來，她簡直不敢相信她真的在這班級裡待了整整三年。

突然一張照片吸引了她的注意力。照片拍到了丹辰與另外三個同學，場景是在教室裡，丹辰坐在風琴椅上，三個同學站在丹辰身周，四人都凝視著她。不只是因為他們都看著相機鏡頭的緣故，照下那張照片的當時，他們也確實在看著她。那張照片正是她照的。

那是四年級的某堂音樂課，音樂老師得知丹辰會彈鋼琴，便要求丹辰演奏一曲。教室裡當然沒有鋼琴，只得用風琴代替，即使如此丹辰彈得依舊出色，使全班（至少她這麼認為）聽得入迷了。下課時間，有同學剛好帶著相機，便向丹辰提議想一起拍張照作為留念，另外兩個同學隨即附和，於是便有了這張四人照，照相的任務很自然地被推給了座位離風琴最近的她。

當時丹辰所彈奏的曲目，印象中似乎是莫札特的《安魂曲》。她曾在莫札特傳讀過，《安魂曲》是莫札特去世前受神秘男子委託所作的未完作品，因此有傳說那其實是預見莫札特死期的死神現身，讓莫札特替死後的自己所作的樂曲。

為什麼丹辰要彈奏這首曲子？莫非丹辰也在冥冥之中，感知到了什麼不祥徵兆嗎？

她凝望著照片良久，突然感到淚珠沿著臉頰滑落。又來了。她一面在心裡嘀咕，一面抬手拭去淚珠。這無可救藥的病啊——正當這麼想時，她感受到一股與平時不同的衝動，一道無可抑制的情感激浪從心底湧上，瞬間淹沒了她的精神。她哭了起來。不同於平時的啜泣，這次她無法自已地嚎啕大哭。她將臉埋在床上，任由無止境滿溢而出的淚水濡濕床單。

若《安魂曲》是莫札特為即將踏上冥途的自己所作的餞別之曲，那麼丹辰又為自己選擇了什麼，作為黃泉路上的伙伴呢？聽說丹辰在車禍中是當場喪生，想必沒有什麼時間選擇吧。她一邊哭，一邊這麼想著。若真是如此，那就必須由自己創作些什麼，來獻祭給丹辰。她不會樂器，作曲自然是不可能的。她所有的只有文字了。

約莫過了一個小時吧，也或許是兩個小時，她終於停止哭泣，站起了身，坐到書桌前，拿出稿紙與鉛筆，開始一字一字地書寫。

她寫了一首短詩，訴說了她對丹辰的思念，記錄了丹辰的死亡。

於是有天我會想起，想起那：
在開始前便已結束的故事
未曾碰觸便已失溫的側臉
不及掬起便已流乾的血液

大河奔向海洋，群鳥回歸山林
流光殞墜，餘下一縷鎮魂的琴音

不知不覺日已西暮，聒噪的蟬鳴聲已完全歇止，房間被一片寂靜所包圍，血色的夕陽從窗口照入，將她的影子投映在地上拉得好長好長。影子漆黑，那顏色與丹辰的眼眸頭髮相同。望著那片黑影，她突然領悟，啊，要活下去便得好好注視這種顏色才行。

透過書寫死亡，她終於活了下來。

05

若她沒愛上丹辰，或許便不會書寫創作了吧。若與文學無緣，或許也就沒機會讀到邱妙津了。倘若如此，那麼她或許也不會因為邱妙津愛讀村上春樹與太宰治而對日文感興趣，也就不會移居日本生活了。如此想來，當下存在於此的自己，不過是種種偶然交疊的產物罷了。

但就算是偶然，她也畢竟來到了邱妙津曾一度來訪的東京居住。初讀邱妙津作品是在國中時期，但轉瞬間她竟已活過邱妙津闔上自身生命之書的，名為二十六歲的山嶺。一九九五年巴黎，據說在邱妙津以冰冷水果刀垂直刺入心臟，血花綻放的前一刻，她都還與住在東京的摯友賴香吟通電話。將遺稿的整理與出版託付摯友後，電話斷了，邱妙津的生命之線也隨即斷去，像閃耀銀光的蜘蛛之絲，啪嚓一聲斷去。

邱妙津的作品雖然充滿令人窒息的自我毀滅性的絕望，但據說現實裡的她意氣風發，是人前的一顆閃耀明星，周遭友人活力的泉源。主修心理學的她，甚至還在心輔中心擔任過輔導員，「我疼惜自己能給予別人，給予世界那麼多，卻沒辦法使自己活得好過一點」——辭世之作《蒙馬特遺書》中如此寫著。雖稱「遺書」，據說原先也不是為了辭世而寫，賴香吟拚命想將邱妙津從死亡深淵救出，而邱妙津自身也透過書寫死亡企圖求生。但在掙扎之後，邱妙津的努力以失敗告終，那結局究竟是偶然抑或必然，二十年過去了，誰也不得而知。

二十七歲生日後一個月，二月的某個週六夜晚，朔風呼嘯之中，她參加了一場在表參道舉辦的拉子夜店派對。為了麻痺傷痛，她渴求著酒精與震耳欲聾的音樂，以及一片讓她能不顧一切瘋狂舞蹈的空間。

小書也在，同行還有一個台灣人名叫蘇菲亞，以及一個日本人名叫亞紀，兩個名字自然都是暱稱。臨近深夜的十一點半，路上車輛漸趨稀疏，三五成群的行人也大抵都往各個車站的方向走去，派對會場外等著進場的顧客卻大排長龍。隊伍雖緩慢前進著，但過了三十分鐘卻連會場的入口都還見不到影。曝身冷冽空氣裡三十分鐘後，就連事先貼在衣服上的暖暖包也失去了溫度。不單是她，小書、蘇菲亞、亞紀三人似乎也都不敵寒風刺骨，縮著身打著寒顫。不然我到那邊便利商店去買點什麼熱的吧？她指著對街的全家便利商店如此提議後，三人便接二連三地託她買這買那。我要熱咖啡。那我要熱可可。啊，那也幫我買個暖暖包好了，不要貼的那種。

她離開隊伍，過了馬路進了便利商店，找齊了大家要的東西正要前往櫃檯結帳時，突然有人從背後叫住了她。

「紀惠？」

她回頭，發現是繪梨香和岡部。

和同時期進公司的繪梨香偶遇也就算了，岡部前輩竟也在場，這讓她不禁愣了一下；但在發現兩人牽著彼此的手後，事態便已了然於胸，於是便若無其事地打了招呼。

「啊，繪梨香！真巧，為什麼妳會在這裡？還有岡部前輩好。」

岡部是與她同個部門的前輩，而繪梨香雖然部門不同，卻是同個大部門，座位也在同個樓層，兩人湊在一起倒也沒什麼好奇怪的。

「我剛和小武吃完晚餐……」

繪梨香羞紅著臉如此答道，下一刻便發現自己不小心在同輩的同事面前以暱稱直呼其前輩，趕忙改口道，「啊，我是說岡部前輩……」羞得像是恨不得找個地洞鑽進去。「紀惠妳呢，為什麼這種時間會出現在這裡？妳住在附近嗎？」繪梨香趕緊轉換話題回問道。

「哪可能啊，我才沒那麼有錢能住在表參道勒，只是剛好和台灣人的朋友在附近喝幾杯，大家有興致喝通宵，我就來採買些東西罷了。」四平八穩，沒撒謊也沒說真話的回答。

「不愧是紀惠，真是國際化。」繪梨香如此說道。為什麼和台灣友人喝酒會是一個「國際化」的行為，而「國際化」又為什麼會是個褒義詞，那邏輯她怎麼也不明白。

她沒肯定也沒否定，只隨便找了些話搪塞過去，像是「真希望早點暖和起來」，或是「妳年初的連假去了哪裡玩」、「最近工作不知怎地不太上手」之類。閒聊之間岡部問起台灣總統大選的狀況，她便簡單地說明了國民黨和民進黨的歷史，以及近年國民黨為何會失去年輕人的支持導致在選舉中慘敗。她演著她「國際化人才」的角色，闡述著在日本人聽來具大局觀的看法，執政的民進黨不像國民黨那麼親中，台日的來往交流可望因此強化，但中國的影響力仍然不容小覷等等。

就那樣站著講了十來分鐘話後，繪梨香和岡部才向她道別往店外走去。走出店門之前，繪梨香露出略帶憧憬的微笑對她說：「紀惠，我有時會覺得自己有點羨慕妳，總是那麼精力充沛，又充滿自信。」說完還不忘補充，啊，我和岡部前輩的事還沒有跟人說，妳可不要洩漏給公司的人知道喔。

她目送著繪梨香的背影一跛一跛地逐漸走遠。繪梨香牽著岡部的手，兩人坐進停在路旁的一台銀色轎車，沒多久轎車就奔馳而去。

我覺得自己有點羨慕妳。繪梨香是這樣說的。這句話每在她腦中迴響一遍，她便感到胸口一陣悶痛難耐。悲傷如白蟻，在心口啃蝕了個大洞，就算企圖以夜店派對麻痺疼痛，那空洞依然存在，她彷彿聽得見冷風吹過洞穴發出的颼颼聲響。暗影隨形，即便企圖將之埋葬於記憶水底亦屬徒勞，兩千公里的海洋也阻不住它的追蹤。

繪梨香說她羨慕她，而她，才羨慕繪梨香。

繪梨香從沒真正認識她。她的過去，她的性向，她在一個月前才被小薰像個髒東西般狠狠甩掉，這一切，繪梨香都不得而知。

06

初次與心儀的人交往，是在高中時期。

由於小學畢業時的成績實在太過糟糕，她的父母擔憂她的精神狀況，於是便沒讓她上位於市區的名校，而是順應學區，上了離家不遠的國民中學。

鄉下國中為了提高知名度必須死命拚業績，而這業績也就是考上明星高中的學生數，所謂的升學率。為了提高學生的分數，校方採取極不人道的做法，學生從國一開始就早上七點上學，下午五點半放學，升上國二後就連週六日也得到學校上課考試，國三還得晚自習到九點半。社團，沒有。畢旅，沒有。校規嚴禁戀愛，違者大過。課表上所謂音樂、家政、美術、班會，實際上的意思是國文、英文、數學、理化。訓導主任和各科教師高高在上，對學生的身體進行著絕對的支配，校園中每天都能看到有人在青蛙跳、鴨子走（當然真正的青蛙鴨子半隻也沒有），或是在訓導處前挨罵挨板子，考試一個不小心考差了（所謂「考差」的定義，就是考不到九十分，滿分一百）就得吃一頓竹筍炒肉絲。大人們費盡心思勉強將學生塞進明星高中裡，然後在放榜日那天，在校門旁貼出大紅色的「狂賀！〇〇人考取〇〇高中！」巨幅廣告。那些考上明星高中的學生一時之間會被師長們記住名字、視若珍寶，隨後便很快被遺忘。罐頭工廠，一個已經用到爛的比方。在這樣的教育體制下，他們不僅是一個個硬是塞入一堆應考用知識的均質罐頭，更是校方用來提高業績的道具，免洗的，一次性的，用完就丟。

即使是在那種不健康的環境，她也比小學高年級時來得健康許多。開始寫作之後，她的症狀便慢慢得到改善，半年後便不須再去諮商室報到了。原先功課就不錯的她，成績很快就回到班上前幾名，因此就算用課餘時間寫點東西，也不至於被師長嘮叨。剛開始她只寫得出一些以死亡為題材的短詩，漸漸地便擴展到其它的主題與文類，有時投稿青少年文學刊物，竟也幸運地獲得刊登。

但她依舊孤獨。她乾脆選擇相信，孤獨是文學的必要條件。當她握住筆，在稿紙上，或是教科書隨便一個角落開始寫作時，雙耳就彷彿裝上了過濾器一般，周遭的喧囂剎那間轉變成遙遠山谷的回音。本來班上就沒什麼人會主動找她說話，而她也沒動力主動找人談話。對她而言這種程度的孤獨恰到好處，她在三毛、邱妙津、芥川龍之介、太宰治、三島由紀夫的作品裡也感受到相近的孤獨。後來她偶然得知這些作家都是以自身意志結束生命的，從此便更對這些作家的作品世界產生共鳴。她尤其愛讀邱妙津，愛到了耽溺的地步。由於邱妙津喜歡村上春樹，她便也找了來看；看了中文譯本總覺得不太對勁，便乾脆開始學日文，希望有天能看懂原文。雖然她生活單調，除了念書便是文學，也從未對人提起過自己的性取向，但國中三年下來卻也沒什麼大災難，她轉眼以亮眼的成績考上位於台中市的明星女校，台中女中，同時首次搬離家中，獨自一人到都市租屋外宿。

在那一片乾淨亮眼的綠裡，她結識了楊皓雪。皓雪渾身隱隱散發知性的光，表情平靜一如湖面，分不出是喜是怒，令人印象深刻的一個女孩。

她與皓雪是在社團認識的，才女奇女群集的編輯社，製作校刊的社團，也辦辦校園文學獎，採訪名人寫寫專題報導。一開始她還有點怕皓雪，比她高上半個頭的皓雪對她而言有種視覺上的壓迫感，美麗的臉蛋看來更加難以親近，加上皓雪總是一副讀不出情感的撲克臉，在在使她不知該如何與皓雪相處。因此整個高一期間，她與皓雪幾無深入交談，即使一同進行編輯作業，話題也僅止於社團事務而已。

升上高二後的十二月，冬陽下的運動會。九月選組後重新編班，她一如往常地無法融入新班級，對運動會也沒多大興趣，便悄悄地溜出掌聲與歡騰充斥的操場，躲進了圖書館。

閱覽室中，皓雪獨自一人坐在窗邊的座位，無言地低頭讀著書。冬日午後柔和的陽光從窗外撒下，將皓雪的半邊臉染上了耀眼的金。周遭再無他人，唯有皓雪存在著，彷彿孤絕了滾滾塵世。空氣裡的微塵在陽光照射下看似點點光粉，守護般的包圍著皓雪。多像幅畫，她心想。

她悄步走向皓雪，想知道她在讀什麼書。她的每一步都輕巧如貓，戰戰兢兢，唯恐一個不小心便打破了空氣裡的莊嚴。在她終於讀清皓雪手裡書名的同時，皓雪也發現了她，抬起了頭。兩人視線在虛空裡匯流。

沉默流淌了數秒之久後，皓雪緩緩掀起沉默的簾幕。

「噢，你也在這裡嗎？」

她心裡一陣刺痛，瞬間明白：她一直都在看著我。

這句著名台詞出自張愛玲的小說，〈愛〉，不過三百字左右的極短篇，讀來的蒼涼況味卻極為深刻。她最近正在讀張愛玲，累累名作中尤其喜歡〈愛〉，在筆記本裡謄寫了數次。這一切，眼前這獨坐窗邊的女孩肯定都了然於胸。

她靜靜地回應。

「我祝福您幸福健康。」

皓雪捧在手中讀著的，正是邱妙津《蒙馬特遺書》。

皓雪凝視了她片刻之後，對著她嫣然一笑。在那個凍結的空間之中，她們懂得了彼此。

從那之後，她就管楊皓雪叫小雪，一個專屬於她的親暱稱呼。她雖與小雪不同班，但每到下課時間小雪總會到她的教室來找她，同班同學看到她們在一起也都見怪不怪。女校裡這是公然的秘密：誰與誰在交往熱戀，誰與誰在廁所裡接吻，這些表面上雖屬於秘密的範疇，實際上大多人都多少知道一點眉目。

「拉子的時代，感覺已經過了很久了呢。」

有回，小雪如此對她說道。

「嗯，時間總是會改變很多事的。」她回答。

說不定自己已經算是幸運的了。她心想。畢竟自己避開了折磨邱妙津的九〇年代，得以在新世紀安度青春歲月。「拉子」是邱妙津《鱷魚手記》中女主角的名字，同時也是為對同性的愛慾所苦的邱妙津自身的化身。邱妙津死後《鱷魚手記》大賣，「拉子」在台灣遂成為女同性戀者的代名詞。

她與小雪時常聊起邱妙津。有天小雪像是突然想起似地問道：「我記得，妳好像和邱妙津是同鄉？」

她和邱妙津一樣出身彰化，而小雪則是土生土長的台中人，現在也住在家中。由於怕被小雪的父母察覺兩人的關係，她從沒去過小雪家裡玩，兩人約會的景點不外乎一中街、美術館和科博館，但最頻繁的還是在她的外宿處，一間不滿十五平方公尺的小雅房，衛浴都需與他人共用。房裡附的家具包括：一座灰撲撲的布製衣櫥，一張嘎吱作響的單人床，一套滿是龜裂的木質書桌椅。房間窗戶正對著大馬路，交通尖峰時段喇叭聲震耳欲聾，來往車流量也帶來了大量落塵堆積。然而即使是在那樣的環境下，她與小雪依舊自得其樂，享受著兩人共處的時光。她們為彼此朗誦歌詩，閱讀彼此創作的小說後互評，或者乾脆毫無目的耽溺於不著邊際的閒談之中。

「對呀。而且說不定我也會和邱妙津一樣，二十六歲就死去喔。」她回答道。

「若妳真想死了，我是不會阻止妳的。」

「我死了妳不在乎嗎？」

「當然在乎，但若妳真的活累了，我還要因自己的在乎而阻止妳，那也未免太傲慢了。」

「妳會傷心嗎？」

「我會跟妳去。」

「才不要妳跟，我不要妳死。」

「那就為我好好活著，我們一起活到七十歲，然後再找一個世界上視野最開闊的懸崖往下跳，一起告別這世界。」

「七十歲的老太婆哪爬得了那麼高啊？」

她笑著吐槽道，心中卻滿是喜悅。現在兩人都十七歲，而若是小雪一直都在身邊，活到七十歲似乎也不賴。對當時的她而言，周遭眼光如何如何，婚姻制度又如何如何，這些現實世界裡的瑣事絲毫未曾在她心中的明鏡留下半點陰影。

「不過既然都要死，難道妳不想在死前盛開一回嗎？就像刺鳥那樣。」

「刺鳥？」

「嗯？妳沒聽過啊？」小雪看來頗為意外。「我還以為妳一定聽過刺鳥的傳說呢。」

「為什麼這樣覺得？」

「我覺得妳的小說總是覆蓋著一層死亡的翳影，至少，死亡常作為作品的基底忽隱忽現。妳不是也寫過一些因死亡而得到救贖的故事嗎？」

小雪談論她的作品時表情相當認真，她感覺自己彷彿赤身裸體般被小雪看穿一切，因而一陣羞赧。小雪沒等她回應，繼續說道：「而且，妳不覺得邱妙津的人生就如刺鳥一般嗎？」

「所以，妳還沒跟我解釋什麼是刺鳥的傳說啊。」

「好吧，我也是聽了飛兒樂團的新專輯才知道的。」

小雪拿出手機接上廉價喇叭，樂音便悠然流淌而出，那旋律充滿異國情調，聽著腦中就浮現出自己未曾親眼見過的遙遠國度的風景：無垠蒼穹之下廣闊的黃土荒漠，不為人知而略帶陰翳的荒廢教堂。

「聽說，刺鳥這種傳說中的鳥類一生只歌唱一次。這種鳥從離巢的那天開始，每天每天都為了尋找長滿荊棘的樹而四處飛翔，等牠找到了，牠就會用盡全力飛向那棵樹最長最尖的一根荊棘，把自己釘死在那荊棘上。死前牠會用盡全力歌唱一回，那歌聲美麗地足以超越自身的苦痛，且比世界上任何聲音都要美妙，就連神明也會忍不住側耳傾聽。」

「以自身性命為代價，換取世界上最美妙的歌聲囉？」

這傳說她是第一次聽到。的確，若真能創造出什麼絕美事物，就算要以性命為代價似乎亦無不可。而以自身苦痛作為創作養分，寫下影響後世甚鉅的《鱷魚手記》、《蒙馬特遺書》後便猝然離世的邱妙津，其人生又何嘗不似刺鳥一般？

她如此闡述自身感想後，小雪點頭。

「或許也可以說，她的作品賦予了她的死亡以意義。若人就只是死了而什麼都沒留下，不覺得等於虛活一生嗎？」

她想起了丹辰。丹辰的死亡究竟有著什麼意義？

她沒將這個在心中一閃而過的疑問說出口，只是回答小雪道：「那，在我們尋得意義之前，誰也不准死，說好了的。」

小雪聽了後，笑容燦爛地綻開了。窗外，彩霞將天空染上一種非紅非紫，幻想般的色彩。

「一言為定。」

小雪走近她，握緊她的雙手，兩人不約而同閉上雙眼，將雙唇貼上彼此。她感到一陣甜美的香氣飄過，那是令人聯想起春天百花盛開的，充滿生之能量的芳香。這似乎是第一次，她徹底浸淫在生存的現實感當中。她盡情地吸取小雪的香氣，小雪的生之能量，將自己的全心全靈都託付在小雪那汩汩湧出未曾枯竭的生命源泉裡。

07

若沒發生那件事，她與小雪是否會持續交往至今？她沒有答案。當時她們都太年輕，年輕到對一切事物都想索求意義的存在。但在這世上也有毫無意義可言的，就只是發生了的事件。

舉例，被小薰狠狠甩掉這事並不存在意義，其後為了緩解痛苦而在夜店裡以酒精麻痺感情，這也毫無意義。的確，在那當下她確實忘卻了悲傷，只要拿著酒杯在會場內隨著音樂陶醉地搖擺身軀，便有種飄然欲仙的錯覺。當她望著會場內數不盡的女孩，甚至覺得自己不過是遭到一人否定，沒什麼大不了。但隔天從昏醉裡甦醒的反動，卻將她打入更甚幾倍的絕望深淵，一股恐懼從她心底竄起，彷佛遭全世界離棄般，淚水汩汩流滿面頰。她曾一度以為自己已逃離了過去的陰影，是小薰狠狠打醒了她，讓她發覺自己不過癡心妄想。

今天妳就在悲傷裡好好沉澱吧，明天可得回復如常——即使是埋沒在絕望泥沼裡的此時，她仍感到體內有另一個理性的自己，正從高處俯視著在絕望裡掙扎的她。每當她即將溺斃於負面情感裡時，多虧了理性的化身冷靜地與她談話，她才得以將絕望踩剎車，在人前表現得一如凡常。

憤怒湧上心頭，一股沒有出口的憤怒。究竟她做錯了什麼事？她既不犯罪，也不犯人，對於心底蠢蠢欲動的哀傷更是小心翼翼地藏起不被他人察知，為什麼卻非遭受如此對待不可？然在憤怒的同時她也略緩了心。還感覺得到憤怒，就表示還活得下去，生之苦痛尚未超出心靈所能乘載的範圍。若有一天，當這類情感都化作了純然的悲哀，待到彼時，或許便是她註定命盡之時。

拿起抗憂鬱藥吞下兩倍劑量，在床上躺下之後，心情總算平緩了下來。隔天她一如往常到公司上班，中午在公司食堂偶遇繪梨香，繪梨香一看到她立刻飛紅了臉，兩人找了座位一起用餐。

「小……岡部前輩的事，妳沒對其他人說吧？」

談話間她小心翼翼地不觸及岡部的話題，沒想到繪梨香卻先將那名字說出了口。

「沒有啊，我看起來像是會宣傳這種事的大嘴巴嗎？」

她擺出完美的微笑如此回答後，又刻意使了個壞，捉弄似地問道：「該輪到妳老實招來了吧？說吧，妳和岡部前輩是什麼時候開始交往的？」

繪梨香的臉又更紅了些，羞得低下了頭。

「去年十月開始的，到現在才四個月而已。不過我們已經決定，黃金週時我要到他老家拜訪，在長野縣。」

「去見父母啊？」

繪梨香的臉紅得簡直不能再紅，但嘴角卻幸福地笑著，靜靜地點了點頭。

「如果順利的話，盂蘭盆節連假就換岡部前輩到我家拜訪了。」

繪梨香的父母住在北海道，她現在是一個人在東京租屋居住。

「很期待囉？」

「是會期待，但……就是有點擔心。」

前一刻還堆滿幸福感的微笑黯然褪去，繪梨香的臉上浮起了幾朵灰雲。

「岡部前輩老家經營農業，還是地方上的地主，聽說價值觀相當保守。岡部前輩是家中老么，上面兩個哥哥都已經結婚，妻子本來都有工作的，婚後卻都辭掉工作在家裡幫忙家事和農事。」

這她倒是第一次聽說。她常和岡部談論國際政經局勢，卻從沒聽他提起過家中的事。

「妳會想跟岡部前輩結婚嗎？」

繪梨香略點了點頭。

「所以會擔心，如果結了婚還繼續工作，會不會被岡部前輩家裡的人指指點點、說三道四？」

繪梨香「嗯」了一聲，點了點頭，接下了話。

「而且我腳又這樣，很擔心岡部前輩的父母會不會無法接受。岡部前輩可是東大畢業的，他父母肯定很以這個兒子為榮，萬一覺得我配不上他，該怎麼辦？」

結婚。這詞對她而言遠得像宇宙邊陲的小行星，但眼前的繪梨香卻為這詞認真地煩惱著。

「我覺得繪梨香妳也很聰明，能進現在的公司憑的也是實力，沒必要那麼擔心別人的看法。倒是妳自己的意志比較重要，妳是怎麼想的呢？妳若結了婚，會想要繼續工作嗎？」

「當然會，不過……」

話說出口後繪梨香又止住了話頭，表情彷彿在猶豫著什麼般，過了半晌才問道：「若是紀惠妳會怎麼做呢？萬一結了婚，被對方家庭要求辭掉工作專心做家事，妳會聽從嗎？」

「當然不會，結了婚就得辭掉工作，這哪門子的道理，我們是活在二十一世紀沒錯吧？」

繪梨香聽了陷入沉默，不發一語。她有些後悔，擔心自己是不是把話說得太過頭了。對根本無法結婚的她而言，當然沒有「結婚就得辭工作」的道理，但看繪梨香這樣煩惱，或許自己多少也應該考慮一下繪梨香的心情，在用詞上稍微斟酌一點吧。兩人相對無語，繼續用著午餐。正當她把義大利麵清空，把裝著烏龍茶的茶杯靠近嘴邊時，繪梨香開了口。

「說實話我好羨慕妳，妳和岡部前輩交往肯定會很順利，不像我還要這樣擔心東擔心西的。反正妳那麼有自信，想說服岡部前輩的父母一定也不成問題。」

繪梨香說這話時是低著頭的，話音略打著顫，像是含在口裡勉強擠出來似的。

她瞪大了眼，拿著茶杯的手在空中停了下來。如果她的日語能力沒有失常，還值得信任的話，那她從繪梨香的話語裡聽出的嫉妒與諷刺，就是確確實實存在的。她不停運轉著大腦，像高速運轉的硬碟，不斷重複讀取著方才的話語。過了好幾秒，她才確信自己的理解正確無誤。

這是她的盲點。繪梨香從根本上就弄錯了事情的本質，但繪梨香本人卻無從察知。而她也忘了，自己在繪梨香眼中也不過是一個普通的女孩，一個會欲望男子的潛在敵手。她思忖，若在此坦言自己是女同志，是否能讓繪梨香略放寬心？但萬一在公司內傳開，事情可就難辦了——她一邊如此思索，一邊又感到些許憤怒。為什麼眼前的女孩明明對我一無所知，卻有權利將她的負面情緒拋擲於我？思緒交雜之間又過了數秒，數秒之間填充的唯有沉默。

「我吃飽了。」

繪梨香像是忍受不了沉默的重量般，站起身準備離席。

「等一下。」

她出聲叫住了繪梨香。單方面丟下那些話語後不給人解釋空間，站起身就想走，未免也太狡猾。

繪梨香望向她。她不斷在腦中尋索，尋索著能不用出櫃，又能讓繪梨香安心的話語——

「……黃金週，加油。」

索盡枯腸，卻也只擠出了這句話。

繪梨香一語不發，轉身離去。

對內向的繪梨香而言，要擠出方才那番夾槍帶棒的話語，肯定已用盡了全力。為什麼繪梨香別的事不好做，偏偏就要在「羨慕她」這種毫無意義的事上用力？她突然感到一陣滑稽，幾乎忍不住要笑出聲來，與此同時卻又有一種悲傷漫上心頭，讓她想哭。

最後她沒笑也沒哭，只是嘆了口氣，收拾餐盤站起了身。

她並非不懂繪梨香的心情。關於拒絕，關於喪失的恐懼，這她懂得太深太痛。總是這樣，每當對他人抱持好感，恐懼便襲上心頭；若好感順利發展成兩情相悅，恐懼便益發深重濃厚；而當她終於鼓起勇氣企圖跨過恐懼，將心意付諸實際行動，卻又被拒絕與喪失鞭撻得遍體鱗傷。在人前，她雖總是藏起脆弱的心，逞表面的強，但她也是個人，也會痛，怕受傷。而為了免除傷害，她今後怕是難以再輕易付諸行動了，但如此她豈非命定，命定要在絲毫無光的茫漠黑暗之中，持續著永劫的獨舞？

——停止吧，再放任自己想下去，便又會沉溺於絕望的泥沼之中。她回到辦公室，坐下來開始工作。她的部門每年二月是最繁忙的時期，現在不趕緊做好準備，下個月可就糟了。

「趙紀惠妳還不下班啊？」

聽到岡部的喚聲，她驀然一驚。不知不覺時針已轉過九點的位置，部門內除了她和岡部外都下班回家了。窗外的天色已然墨黑，辦公區聳立的高樓叢林上鑲嵌的人造光兀自主張著存在。岡部似乎也正準備下班，從座位上站起了身。

「啊，我也差不多了。今天一天辛苦了。」她回答道。

「我自認是個工作狂，不過妳也很努力呢。」

「摩羯座的天性囉。」

她半開玩笑地回答，忍住不對岡部提起繪梨香。

岡部只是略笑了笑，「那我先走囉。」說完便打卡下了班。岡部走後她也停下手邊的工作，準備下班。

回到家時已超過十點半，無人的空蕩房間略顯寂寥，卻也是少數能讓她在完全的靜謐之中平靜獨處的處所。打開門的瞬間，原先充斥房內的黑暗微粒幾乎要迸跳出來。她相當享受那種走入無光黑暗裡的感覺，像把己身拋進無邊的柔軟絨被。世上的一切都蘊含矛盾，她自身也不例外地充滿了矛盾。就像黑暗，既如搖籃般使她安心，卻也常冷不防喚醒她惡夢的翳影。

08

如果那個夜晚裡有少許的光芒，或許——每當回想起「災難」，無數的「或許」便竄上來折磨著她。

高三二月學測後，她以優異成績順利申請上台大日文系，但小雪卻在考場失利，不得不考七月指考。熾烈炎陽點燃了鳳凰樹，燒開一路的火紅，小雪卻仍不分晝夜地泡在圖書館，埋首書堆之中。每當看到小雪帶著滿臉倦容，拖著一袋書從圖書館走進月色中，她便感到一陣心疼。

「這都是為了和迎梅一起進杜鵑花城唷，妳可得好好幫我加油。」

小雪總是如此笑著對她說。台大每到春天，杜鵑花便四處盛開，故又名杜鵑花城。

「等我們進了那座杜鵑花城，晴了就在椰林大道上騎車兜風，雨了就退守圖書館唸詩寫字，晚上有月亮可看就到醉月湖賞月，沒月亮可看就到溫州街去散步吧。」

她似乎是這樣回應小雪的。夏日蟬噪如潮騷陣陣，小雪的笑聲也如蟬鳴般清亮悅耳，乘著濕潤的薰風飛昇，溶解在無盡的晴空之中。

指考最後一天，她在考場外等著小雪。考場內雖有空調，卻苦了到場陪考的父母兄姊男友女友，一個個在陪考區不停地擦著汗，靜待時間的流逝。盛夏的陰天雖沒有毒辣的烈日，陰暗的對流雲卻把天空壓得好低好低，悶熱更勝晴天數倍。她不禁心想，為什麼不乾脆下場雨，還比較乾脆一些。

最後一科考完時已屆黃昏，小雪邊揮著手，邊撥開成群的考生向她走來。一想到這場考試的結果將決定他們未來四年是離是合，她心裡就有種說不出的難受，反觀大考終於結束的小雪，臉上則是露出如釋重負的微笑。

逢甲夜市距離台中女中較遠，公車要搭上一個小時，因此兩人平時不大常去；但那天，大考的落幕讓兩人都處於一種近似亢奮的狀態之中，渴望著某種非日常的活動，想任性一次，放縱自己在夜市裡暴飲暴食。時值下班放學的尖峰時段，公車內擠得前胸貼後背，幾乎動彈不得。公車在顛簸的道路上走走停停，不時來個緊急煞車，行進的步調善變得像雲霄飛車一般，但只要讓小雪牽著手，她便感到心裡一片平靜。

到達目的地時夜幕已取代黃昏，夜市裡龍蛇混雜的各色霓虹店招閃爍著刺眼光芒，像一個失手把妝化得太濃的熟齡女子。她們牽著彼此的手穿梭人群之中，吞飲各種傷身害體的夜市小吃，豪大雞排整塊炸下去比人臉還大，大腸包小腸飄著豬肉香腸與糯米香。她們一邊啖著美食，一邊嘲笑著彼此臉上的糯米粒和嘴角泛著的油光。即使是盛夏，雪與梅還是要聚在一塊的——她腦中驀地閃過這個想法，隨即便陶醉於自己那蠢笨得可笑的幻想之中。

夜市的核心文華路走到底，就到了逢甲大學的正門。夜晚的校園被沉靜的黑暗包圍，彷彿幾步外夜市的喧囂雜沓都與之無關。兩人在人群中走累了，不約而同地轉了個彎走進校園。大學已放暑假，校園裡沒多少人影，信步走了一陣後眼前是一棟十四層的大樓，樓前一片廣闊草原，草原旁種著一排榕樹，樹間擺著長椅。兩人刻意避開照明明亮處，在邊角的長椅上坐下，方才逛夜市時興高采烈的情緒逐漸如潮水退去。

「這樣，高中生活就算結束了呢。總算有現實感了。」

小雪抬頭望著天空，如此說道。天空依舊籠著一層厚重的烏雲。

「那是妳沒現實感而已，我可是一個月前就畢業了。」

六月的畢業典禮之後，小雪仍每天到校念書，直到七月指考。

「迎梅，妳現在還會想死嗎？」小雪突然問道。

「我可從沒想死過，充其量只是想著死而已。至少，在認識妳之後都是這樣。」她回答道，「不過我心中總有一種感覺，覺得自己大概是長命不了的。」

「為什麼會這樣覺得呢？」

為什麼呢？她也說不清楚。或許和丹辰的去世有某種關聯吧。那麼，身為女同志是否助長了這種感覺？雖然當今社會氛圍已大不同於九〇年代，但同性戀者仍受到社會制度的排除。是否，因為她無法如正常人一樣成長、結婚、生子，對自己的未來懷抱不了具體的意象，才會不知不覺將一切對未來的想像都導向死亡與消滅？但，和小雪交往了一年半，她也算是確立了作為性少數的認同，明瞭同性戀並非疾病，也深知台北每年都會舉辦全亞洲最大規模的同志遊行。她也和小雪約定，等上了大學後一定要一起參加遊行，向世界展現同志的驕傲。若事到如今她還為身為女同志感到不安，豈不是太對不起小雪的心意了？

小雪望著陷入沉默的她，繼續說道。

「迎梅，妳曾經歷過重要之人的死亡，對吧？」

聽了小雪的話，她略感到一陣詫異。她從未對小雪提起過丹辰之事，倒也不是刻意隱瞞，只是覺得沒必要重提小學時的舊事而已。但畢竟小雪讀她的小說讀得比任何人都仔細，會因此注意到她以往的經驗，想來也是當然。她雖喜歡小雪這樣的細膩體貼，有時卻也感到自己在小雪面前簡直像是坦身裸裎一般，一顆心被裡裡外外看個精光。

「放心，只要妳在我身旁，我是不會輕易去死的。」

她如此岔開話題，為了藏住自己心中的詫異。

「那，若我不在了呢？」

「什麼意思？妳要離開？」

「不會離開啦。」

小雪嘆了口氣，垂下了頭。「但我也不保證能一直待在妳身邊，不是嗎？我是真的很喜歡妳，希望妳過得好，所以妳能不能和我約定，就算我不在身邊，妳也要活得好好的？」

被這樣正經八百地懇求，反而讓她不禁倔強地賭起氣來。

「這我可不能保證。我不想要妳離開，而如果妳真的離開了，也沒權利這樣要求我了不是？」

「妳說得沒錯，我知道，那是妳的人生，我沒資格說三道四。但……」

小雪略頓了頓後，抬起頭直直望向她。她也望向小雪，心中猛地一抽。小雪的眼裡不知何時已泛著晶瑩的淚光。「聽我說，我……我怕是沒辦法和妳去同一間大學了。」

原來如此。她在心中喃喃自語。小雪雖表面上努力笑得燦爛，心中果然還是掛心著考試結果的。

小雪繼續說道。

「今天的考試我搞砸了，明明答案都知道的，下筆要選的時候又總是想太多，反而掉入題目的陷阱，然後在考下一科時猛然想起，陷入低潮，接著又重複一樣的錯誤……」

小雪壓抑著的情感像是終於山洪爆發那般，開始啜泣了起來。這是她第一次看到小雪的眼淚，因而笨拙地手足無措不知如何是好，戰戰兢兢伸出一隻手輕撫小雪的背，已是她所能做的最大安慰。她好想緊緊擁住小雪，緊到和她融為一體，卻又害怕刺激小雪而不敢輕舉妄動。

「還不一定啊，說不定其實考得還不錯呢，就祈禱有個好成績吧，別想太多啦。」

累積了整整十八年的語彙，到了真正需要的時候竟只擠得出這種陳腔濫調，不禁使她由衷詛咒起自己的笨拙。

「不可能，我考的試我自己最清楚，奇蹟是絕對不會發生的。」

小雪輕輕將頭靠在她的肩上，如此說道。空氣滯濁悶熱，天空的烏雲低得彷彿要砸到頭上來。但雨就是不下，濡濕她肩膀的透明液體不來自天空，而是來自小雪晶亮的雙瞳。

「我也不想和妳分開啊，但是……」

她也不是什麼相信奇蹟的浪漫主義者，但此時此刻她打從心底真正渴望著奇蹟的存在。

「不會分開的，就算上不了台大好了，台北好大學多得是啊。像是政大，文學院和外語學院都有很多科系可以選擇，也出了很多有名的作家和藝術家啊。」

話才剛說完，她便對自己失望透頂，恨不得把自己狠狠掐死。問題根本不在政大文學院有多少科系，又出了多少名人，而是約定，小雪和她約定共同描繪的未來——春暖花開之時在和煦日光之下共賞杜鵑，秋高氣爽之際迎著金風吟詠詩詞。她們有好多課想一起上，有好多書店想一起逛。她們無數次一邊想像著在學術之城裡共度的未來，一邊瀏覽著課程網與大學周邊獨立書店的資訊。讓小雪傷心的，比起「沒考上台大」這件事本身，毋寧是自己的失敗摧毀了想像中的美好未來。這她都懂，但為什麼她就是找不到更合適的話語來安慰小雪？

然而正當她還不斷想著自己該說些什麼前，小雪倒先開口了。

「我想，我應該會重考一年。」

她心中一驚。沒必要因為進不了台大就重考吧？

但小雪似乎沒注意到她的心緒。小雪仍將頭靠在她的肩膀上，喃喃自語般繼續說道。

「我和爸媽約好了，若沒考上台大就重考。我爸媽都是台大畢業的，也都希望我能進台大。我也在心裡發過誓，要達成他們的期望，然後把迎梅正式介紹給他們，讓他們認可我們。」

她感到心裡一陣刺痛。她從不知道小雪是這樣想的。小雪平時總是正氣凜然，一副對他人眼光毫不在乎的樣子，因此她便忽略了小雪也是常人，也希望自己的性取向與伴侶能得到家人的認同。不只是希望而已，甚至還有實際計畫。

她就無法做這種計畫。她下意識地害怕著不可預測的未來，因而總逃進對死亡的想像，來躲避遲早必須面對未來的事實。她總想著死，未來對她而言不過是自己到不了的一片虛無空曠的荒野。但小雪與她不同，為了守護兩人的關係，小雪並不耽溺於當下，也不醉心於虛無，雙眼看著的是現實的未來。她明白，對於小雪的決定她是該全面支持的，但——

「我不想分開。」

她知道自己任性極了，她討厭自己的任性，也知道若小雪真的決定重考，自己是沒有權利出口干預的。但她還是說了，任性的話語無關乎理性地脫口而出。小雪家在台中，若是準備重考肯定是要上台中的補習班的，如此她就得隻身北上，兩百公里的距離，對當時的她而言已是有如天地般遙遠。

「我也不想啊。」

小雪靜靜地說道。「但，也不只是父母的期待，我自己也想進那座杜鵑花城，想和迎梅上同一所大學。所以……」小雪停了一下，她感覺到小雪握住自己的手又緊了一些。「我知道自己很任性，但拜託妳，請妳等我一年，過了一年我一定會去找妳。那時，我們一起去走邱妙津走過的路，去看邱妙津看過的風景。醉月湖、汀洲路、溫州街……讓我們來寫一部，不以悲劇作結的《鱷魚手記》吧。」

一幅景象在她腦海裡浮現，重逢的兩人迎著涼風漫步於夜晚的醉月湖畔，或是在阡陌縱橫的溫州街裡探索著未知的書店與咖啡館……小雪並不任性，為了上理想的大學，實現夢想而努力，哪裡任性了？

「反正就是，人生不相見，動如參與商。」

為什麼她就是只說得出這種悲觀的話呢？在小雪面前，她總會不由自主的撒起嬌來。

「別說那種不吉利的話，不會分離二十年的。無為在歧路，兒女共沾巾。」

「但我就是兒女啊，沒辦法只好沾巾了。」

小雪把頭離開她的肩膀，輕輕地抱住她，撫摸著她的頭，兩人就這樣沉默了下來。天空無星無月，唯有逢甲夜市的喧囂，在遠處若有似無地敲響著回音。

回程兩人搭不同的公車，便在公車站分開了。夜晚十點半的公車擠滿了從夜市回家的人潮，伸手拉著吊環站在汗味體味汽油味混雜的公車內忍受著路途顛簸，她心裡卻充滿平靜的溫暖，彷彿還感覺得到小雪的體溫，小雪的香氣也還繞著身周。不會有事的，小雪與她的感情本就精神成分居多，兩人的牽絆才不會因為一年的遠距就輕易斷裂。

她下了公車，在濃黑夜色裡走在回住處的路上，心中如此堅信。台中與台北又不是天涯海角般見不著面的距離，以前都是小雪作為她的支柱，這次該輪到她成為小雪的支柱了。想到這，她便覺得身體輕盈了起來。就算不能頻繁見面，通通電話給小雪加油打氣還是辦得到的，小雪那麼精明能幹，明年的大考一定沒問題，不用擔心——

突然她感到身體被一股強勁的力道往後拉，還沒搞清楚發生什麼事之前身體已被人從背後架住動彈不得，嘴裡被塞進像是布料的東西後壓倒在地。附近一盞路燈也沒有，烏雲在天空打著漩渦，暗得深不見底。不知何時她已走進一條杳無人煙的小巷，這是她每天傍晚放學回家必經之路，她第一次發現這條巷子的夜晚竟是如此昏暗。有人在頭上喘著粗氣，一股口臭襲來。是那個把她壓倒的人。那人把她手腳固定在地，動也不能動。她定睛一看，眼前是個陌生的男人，滿頭大汗，頭頂半禿。她使盡全身力氣抵抗，依舊無法掙脫束縛，試圖尖叫，卻叫不出聲。男人坐到她身上，一隻粗糙的手固定住她的雙腕，另一隻手撫摸起她的身體。小雪的臉龐在她腦中浮現，多麼美麗的臉，一想起那張臉，心口就比身體痛上十倍百倍。淚水模糊了她的視線，就連那醜陋男子的臉都糊成一片歪斜的抽象畫。

妳看小雪，我就說吧，我是註定長命不了的。男人仍舊喘著粗氣，她聞到一股腐敗的魚腥味，噁心感鋪天蓋地襲來。什麼刺烏，什麼世界上最美的歌聲，妳看吧，果然我就要死了，什麼意義也生不出，如此醜陋，如此骯髒——

當她恢復意識時男人已經消失，卻又有許多不認識的人神情嚴肅地將她圍住，低頭看著她。有人在講電話。她感到痛，全身都痛。天空被黑暗侵蝕，遠處傳來警車的警笛聲，空氣中瀰漫著霉味，混雜死魚的魚腥。淚水流過臉頰，滲入污黑的柏油路面。在她再度失去意識之前，男人齷齪的話語不斷在她腦中匡噹作響——

「我肏妳這死蕾絲邊！讓妳知道被男人幹有多爽——」

若她不是個拉子，是否就不會遭到那種厄運？她明白人生沒有所謂的「如果」，但仍無法克制自己的念頭。是否性取向的烙印，就是她所有不幸的根源？這種想法毫無邏輯也無法證成，卻不斷在漫長的時光裡折磨著她。

她不知自己是否能為自身性取向感到驕傲，卻照例來到了彩虹驕傲活動。世間的黃金週是東京性少數族群的彩虹週，每年慣例在代代木公園舉辦嘉年華會與同志遊行，題為「東京彩虹驕傲」。台北的同志遊行到頭來她一次也沒去成，東京彩虹驕傲今年倒是第三次了。

黃金週最後一天是週日，她到達會場時是上午十一點，代代木公園活動廣場已經擠滿了參加的群眾。在東京拉子圈待久了，總會感到圈子的窄小，每回參加活動常會碰到一兩張熟面孔不說，幾個月前認識的友人最近剛結交的新女友，竟是自己幾年前便已認識的朋友，諸如此類的巧合也是屢見不鮮。今天在會場同樣也不過才閒步一會，便已和好幾個認識的人打了照面。

嘉年華會上有許多團體出來擺攤，賣飲料食物的，賣項鍊飾品的都有；一旁舞台上藝人團體唱唱跳跳，上演各種表演。不論是攤位或是舞台都裝飾成象徵多元的彩虹色，望著那燦爛的六種顏色，她幾乎要陷入一種世界已滿溢愛與和平的錯覺。然而不論是 love and peace 或是 it gets better，這類中聽得使人心生雀躍的口號，在她聽來全都像隔著一面牆般，不具任何現實感。

她在舞台旁與小書會合，在場的還有蘇菲亞及另外兩個台灣拉子。住在東京的台灣拉子有著自己的網路社群，而那社群正是小書來日本後創建的。

不久亞紀也到了。亞紀是小書在拉子交友 APP 上認識的日本人，兩人一見面就臭味相投，常一起跑夜店趴，不知不覺就在一起了。小書總是頂著一頭中性短髮，戴著倒梯形黑色膠框眼鏡，不修邊幅一副T樣，相形之下亞紀一頭咖啡色長捲髮，也常做女性化打扮。兩人外觀印象雖然人相逕庭，個性卻都相當爽朗乾脆，不大在意周遭眼光，卿卿我我不挑時間地點，被人看著也不怯場害臊。二月的夜店趴時，蘇菲亞拍下兩人舌吻的照片上傳到社群群組後，大家便常拿她們兩人當哏開玩笑，但兩人非但不在意，反而秀恩愛秀得更光明正大了。

黃金週名副其實，天氣大晴，澄澈蔚藍的天空中一輪驕陽綻放著燦爛的金黃光芒。一行人完成遊行的報名手續後，便到整隊處等待隊伍出發。

「上次推薦的中山可穗，讀過了嗎？」

為了打發無所事事的等待時間，她向站在她身旁的蘇菲亞搭話。蘇菲亞大她兩歲，中文系畢業，也愛書成痴，人在東京上班，卻與幾個好友在台灣苗栗經營著一間名為閬苑書屋的小規模獨立書店，平時主要是從事想企劃案或是聯絡作家等這類可透過網路進行的業務，當書店舉辦演講等活動時也會向公司請特休回台灣幫忙，兩地來去相當忙碌。這回黃金週也是如此，蘇菲亞前天還在台灣，昨天才趕回東京，為的就是參加今天的遊行。

「讀囉，《直到白薔薇的深淵》，讀的是文庫本。」蘇菲亞回答。

「覺得怎麼樣呢？」

「不管是流暢華麗的文體，宿命性的悲哀氛圍，還是那種視個人生死於度外，理性毫無干預餘地的飛蛾撲火式的愛情，這些特徵的確會使人想起邱妙津。小惠妳所說的『若邱妙津還活著，或許便會寫出這種小說』的評語，某種程度上也是可以理解的。」

蘇菲亞也是邱妙津的書迷，閬苑書屋最近才剛辦過邱妙津的讀書會。

「但我覺得，邱妙津才不會故作清高地寫什麼『我對女性主義運動或同志運動都沒有興趣』。雖然邱妙津也曾嘗試藉由小說創作來建構精神上的烏托邦，但她很清楚個人苦惱與大環境的政治是無法進行切割的。如果邱妙津活到台灣同志遊行開辦的二〇〇三年，肯定會成為性少數運動的旗手。」

蘇菲亞自己也相當積極地參與社會運動，太陽花學運時也作為先鋒衝進立法院，之後又在院內擔任中日口譯，將院內狀況透過網路直播介紹給日本，試圖引起關注。現在一起經營書店的朋友有幾個也是太陽花學運的夥伴，因此閬苑書屋便成了台灣左派運動的據點之一。

「就算真成了旗手了，妳不覺得那只會激化邱妙津的內在矛盾嗎？」

她如此問道後，蘇菲亞略沉吟了一會。

「可能吧……或許該說，我在中山可穗的作品裡感覺不到邱妙津的那種內在矛盾，那種生存於大時代的孤獨靈魂所獨有的——」

「妳們在講什麼啊？中山什麼睡？我是不知道孫中山睡了多少女人啦，但妳們現在講這個幹嘛？」

排在前頭的小書一回頭就沒頭沒腦地問了這麼一句，一旁的亞紀聽不懂中文，滿臉疑惑地望向她們。

「是中山可穗啦，麥穗的穗，日本的小說家。真是的，看妳平日都不讀書，虧妳還叫小書呢。」

蘇菲亞一副拿小書沒辦法的樣子，如此答道。前一秒還在認真地討論文學，下一秒話題突然轉成孫中山的外遇八卦，這之間的落差產生的滑稽感使她不禁笑了出來。閒聊之間，隊伍總算出發了。

遊行路線從澀谷區公所前的十字路口出發，走過澀谷車站前的大馬路口，經過表參道後回到代代木公園。參加遊行的人有的手持寫著各種主張的標語牌，有的則是揮動著手裡的彩虹旗，一路與路旁的聲援民眾熱情擊掌。蘇菲亞也拿著一面標語牌，上面用彩虹的六色寫著「不要紅紙，只要青鳥」的標語。這標語還真有創意，她心想。*

隊伍前頭的前導車播放著熱鬧的夜店音樂，車上幾個變裝皇后穿著華麗衣裳，一身妖氣地跳著豔舞。參加遊行的人們不知不覺間也感染了那股熱氣，隨著音樂拍起手扭起腰來。行進之中，她也感覺心緒輕盈了起來。在這樣的大晴天裡沐浴著煦煦日光，被各種豔麗色彩所包圍，彷彿就能將黑暗的過往拋諸腦後，掠過腦中的記憶碎片自動受到過濾，只有不會觸痛傷口的影像才被允許停留在認知的表層。就像陡峭險阻的山路上籠罩的昏暗霧靄突然散去一般，雖說只是暫時的狀態，卻使行走其中的她終於得以大口呼吸。來日本之後她曾有過幾次類似的經驗，但在二十七歲的生日之後，今天卻是第一次。

繪梨香開朗的笑容與銀鈴般的笑聲浮現在她的腦海。二月那個不歡而散的星期一之後，隔天一早繪梨香便來找她道歉了。她雖很高興能與繪梨香言歸於好，

*譯註：紅紙，日文為「赤紙」，二次大戰時日軍的入伍召集令的俗稱。二〇一五年後半，日本執政黨強行通過「安保法案」，導入集體自衛權，使日本可出兵參與戰爭，被諷為「戰爭法案」。此處蘇菲亞於二〇一六年五月的同志遊行舉此標語，帶有和平反戰之意涵。

卻又發現自己其實無法全心全意地感到開心，內心一角有著些許落寞。在她看來，沉溺於對喪失的恐懼之中，在嫉妒一類的負面情緒裡迷失自我，這些才是身為一個常人的反應。她明白繪梨香也有這樣脆弱的一面，卻沒想到才過不到一天，繪梨香便已能坦然面對自己的脆弱。倘若易地而處，她是否能有如繪梨香一般的誠懇坦蕩？望著繪梨香的臉龐，她不禁如此想道。

昨天週六，從長野縣回到東京的繪梨香約好和她一起吃晚餐，報告訪問岡部老家之旅的結果。事實證明之前的擔憂完全是杞人憂天，岡部的助陣也奏了功，岡部的父母相當疼愛繪梨香，還說岡部從以前就只知道念書，他們還擔心他會不會交不到女友結不了婚，幸好有了這樣一個優秀的女友，他們也就放心了等等。繪梨香述說這些時，臉上的笑靨像是雨後懸掛天際的彩虹般，看來頗為幸福。她雖然心中一陣落寞，卻由衷為繪梨香感到開心。然而，當繪梨香問起「紀惠妳呢？妳喜歡什麼樣的男生啊？」時，她又只能打馬虎眼，顧左右而言其他了。

遊行隊伍來到神南一丁目交叉路口，就連丸井百貨外牆也懸起了六色彩虹旗。她之所以無法抗拒彩虹驕傲活動的魅力，原因也在於此，這是除了靜謐的黑暗之外少數能使她安心的處所。數朵卷雲飄浮的碧空之下，人們將彩虹穿在身上，抬頭挺胸闊步行進，走在這樣的人群之中，便彷彿受到了世界的祝福。就算明白這種祝幸感不過是忽視所有不協和音所產生的短暫幻想，她也總忍不住賴之以生存。

隊伍來到澀谷車站前的大馬路口，在數千雙眼睛的注視之下左轉。對於遊行，蘇菲亞或許會說「這種僅止於表面的連帶，以及嘉年華會式的遊行，並不是社會運動真正的存在意義」吧。然而若不設法忽視從這種「僅止於表面的連帶」裡所感受到的確實的疏離感，勉強從中尋出棲心之所，她便將連日常生活都無法維持。

隊伍來到高架橋下時，小薰的身影撞入她的眼簾，在那瞬間，她不由自主打起顫來。她反射性地別開臉，小心不和小薰四目相接，卻已出了一身冷汗，脈搏加速，動悸猛烈。雖然不過是一剎那的時間，但她卻清清楚楚地看到了，小薰站在遊行隊伍通過的路旁，綻放著燦爛笑容，手舉「諸愛平等」的標語牌，與參加遊行的群眾熱情地擊著掌，那身影狠狠燒灼在她的眼瞼上，怎麼也去不掉。

或許是臉色看起來太差了吧，走在身旁的蘇菲亞轉頭問她：「妳怎麼了？」

「沒事，別在意。」

她擺出一副若無其事的表情，淡淡地回答道，而蘇菲亞也沒繼續追究。隊伍宛如什麼事也沒發生般地繼續前進，小薰所在的位置轉眼便被拋在身後。她不知道小薰是否注意到她了，但與小薰的偶遇使她更加清楚明白，自己依舊懼怕，懼怕著小薰，懼怕著小薰所象徵的「拒絕」，以及導致「拒絕」的「災難」本身。

10

在那個漆黑的夜晚，那個她連臉都沒記清楚的男人，他的性器與精液，將她的人生徹底撕裂成兩半。前半她還能藉由創作，昇華蟠踞心底的種種負面情感，並在與小雪的關係之中享受著生之喜悅，然而在那個夜晚之後，她便只能在無底的深淵之中，不斷不斷地向下墜落。深淵之中，愛情與文字，這些所有曾令她感受到美好的事物全都變得遙不可及，環伺周遭的，唯有冰冷凍結的無邊黑暗，就連小雪，也無法將她從深淵之中救出。

她不知道後來那男人是否抓到了，也沒什麼興趣。就算抓到了，災難也不會就因此取消。

記憶如電影膠捲，被細細切割，處處殘留著空白。首先是聽覺。各種陌生的與耳熟的聲音交頭接耳竊竊私語著，「竟然深夜一個人走在那麼暗的小巷」、「還十八歲，真可憐」、「回去得叫我家女兒也小心一點」。接著是觸覺。她彷彿被什麼東西載著推送，上下劇烈顛簸搖晃。然後是嗅覺。消毒液與各種藥品混成一團的，醫院的獨特氣味。視覺。好不容易張開雙眼後映入眼簾的，是病房冰冷的白光。然後是痛覺。全身都感到疼痛，尤其兩腿間彷彿遭到燙紅鐵塊燒灼一般劇痛。視覺。兩個模糊的人影，看起來像是她的父母，在視野的邊緣恍惚晃動。過了不久，一個似乎是醫生的人問了她一些問題，她也回答了。然後眼前突然一暗，她便墜入了無夢的深沉睡眠之中。

其後她在那個冰冷的病房之中，不知甦醒又昏睡了幾次。記憶回復成一個連續的整體時，她已回到家中，三樓熟悉的房間，熟悉的家具，從窗戶向外眺望便是一片熟悉的稻田，一派熟悉的鄉下景色。一切風景都是如此熟悉，她卻絲毫沒有現實感，彷彿隔著一層渺茫的空虛看著世界。這是一個雖然相似卻截然不同的世界，她明白，自己再也回不去原來的世界了。

房間門打開，有人走了進來。她反射性地望向門的方向，全身警戒起來。是母親。當然她知道那是母親，但她卻感覺那人宛如存在於遙遠世界的，與自己毫無關係的陌生人一般。講得更精確些，她感覺不到那是個人，而是如同人偶或人體模型一般，具有人類外表的某種事物。

「起來啦？」

母親如此問道，手裡端著碗公，裡面盛著某種麵類。噢，原來已經中午啦。她心中如此想到，感覺一切都事不關己。

「嗯。」她輕輕點了點頭。

「肚子餓了吧，我做了妳喜歡的牛肉麵，快趁熱吃。」

母親一邊說道，一邊將碗公放在桌上。桌上的相框裡，四個小學生站在風琴旁，望著鏡頭拍照。那是丹辰吧？對喔，還有過那種事呢。望著那張照片，她心想。

「別想太多了，妳馬上就是大學生了，一定會過得很充實的。」

母親如此說道，而她一語不發。母親凝視了她好一會，對著她走來，伸出雙臂要將她抱在懷中。她反射性地退了一步躲開。母親嘆了一口氣，放下了雙臂。

「吃飽了就好好休息吧，我會再來收碗的。」

母親說完，便靜靜地退出了房間。

她望向桌上那碗牛肉麵，凝視了半晌。湯汁表面還冒著煙。她在桌前坐下，試著吃了幾口，卻完全食不下嚥。手機忽然響起，手機螢幕顯示著小雪的名字。

驀然一股恐懼湧上心頭，她不自覺渾身打起顫來。都是因為我和小雪犯了罪，才會遭到懲罰。直覺在她耳邊如此低喃。一定是這樣，若我沒喜歡上小雪，若我不是個拉、拉子——與此同時，另一個細小的聲音在她腦中低語。不是的，同性戀既非疾病也非罪惡，妳沒做錯任何事，錯的是那個男人。她明白那是理性的低語。但若不是因為我和小雪做了那種事，若不是因為我在外面待到那麼晚——不對，都二十一世紀了，女生不能走夜路，這是哪個史前時代的觀念——但我實際上就是被強暴了，人生被搞得一塌糊塗了啊，平等、人權，這些不過都是說說好聽罷了，能有什麼實際意義——

「喂？迎梅嗎？」

驅使顫抖的手指按下通話鍵後，小雪的聲音從手機裡流了出來。快說話吧，說話，不要讓小雪擔心——但，我該說什麼——

「喂？我聽說迎梅妳出院了，現在是在家裡嗎？我到醫院找過妳好幾次，說是朋友，但他們都不讓我進去……我又不能跟他們說我和妳在交往……」

小雪話音焦慮急促，平時的穩靜全然不見蹤影，彷彿束手無策的小孩，即將淚水決堤一般。看吧，我們的關係，到頭來還不是無法對人述說——

無力的理性終究勝不過在她心裡逐漸膨脹的恐懼暗影。她掛斷電話，一切歸於沉默。

兩個月後，她按照計畫離開家中，投身台北這座狂躁的城市。小雪則一如預期沒考到理想成績，留在台中重考一年。

杜鵑花城與她想像中的不同，幾乎整年都為陰雲籠罩。春天有梅雨侵襲，夏天輪到對流雨西北雨和颱風逞威，冬天又有東北季風造訪，台北一年泰半陰雨，杜鵑花城也無法自免於那惡劣的氣候。

她沒參加任何社團，上課也只是到教室坐下聽課，幾乎不與人交談。「日語會話」這類需要兩人或多人一組的課堂，她便理所當然地孤立了。下課後她幾乎是直接回到宿舍，耽溺於村上春樹與太宰治的文字之中，肚子餓了便到宿舍餐廳隨便買點東西帶回房間吃。每晚十點左右，她會打電話給重考班剛下課的小雪。

「反正大家肯定都覺得我髒。」她在電話裡如此自嘲。

小雪幾乎是她唯一能正常對話的人，也是她情感的唯一出口。因此她總是無可避免地將蟠踞自己胸中的所有情感，不由分說地都擲向小雪。

「沒那種事，我就很喜歡妳。」

「妳明明也知道，我早就髒得徹底了。說到底我們根本不該繼續交往，這只會把一切導向毀滅而已。」

「不會毀滅的，交往也不是什麼壞事，迎梅，請妳對自己抬頭挺胸一點，好嗎？」

「不是壞事的話就告訴大家呀，告訴妳的爸媽呀，說妳和我在交往嘛。」

「我……我遲早會說的，一定會說。」

「為什麼是『遲早』？為什麼不能現在說？反正妳就是覺得若妳上不了好大學，我們的關係就得不到認可，不是嗎？」

電話裡，她與小雪的對話總是演變成她單方面的遷怒。每天白天她都期待著晚上打電話給小雪，但一旦通了話，自己卻毫無選擇話語的餘裕，只能將淤泥般汙濁的情感不斷對外排放，好幾次把小雪弄哭。小雪每天從早到晚泡在重考班裡已經夠疲憊了，自己不但無法為小雪打氣，反而還不斷加重小雪的負擔，一聽到小雪充滿疲倦的聲音，想像小雪憔悴至極的臉孔，她便止不住地憎惡起自己。即使如此小雪仍舊沒有表現出一絲不耐，總是溫柔地安慰著她。自己身心都疲憊已極了，小雪卻仍一心一意地想把她從深淵裡救出。

「妳現在已經在我們都曾夢想過的杜鵑花城裡了，不是嗎？不要鑽牛角尖，好好謳歌青春，好嗎？」

「什麼青春，現在可是冬天哪，每天都下著濕冷的雨，實在鬱悶。」

「找個社團加入，交些朋友不好嗎？台大應該有女同志社團吧？」

「我懂了，連妳也厭倦我了，想把我丟給其他人了，對吧？」

「不是這樣，我只是希望妳過得快樂——」

「我才不要加什麼社團，大家總是在我看不見的地方，群聚起來說我的壞話取樂。」

幾乎不與人交談的她，在講究團結的系上遭到不小的排擠。她從國中就自習日文，也常用原文閱讀日本文學作品，所以在考試時總是成績優異，這也使她更加地不討人喜。台中女中同屆有不少人進了台大，或許也正因如此，她在那個七月夜晚所遭遇之事，在系上竟似乎也傳開了。

「她幹嘛老擺著一副『自己是世上最不幸的人』的臉啊？」

「就是啊，表現得普通一點不就得了。」

「大概是覺得自己是悲劇的女主角吧。」

只要待在有人的地方，她總覺得有人在說自己的壞話，而實際上，有時候她也的確聽到了這類壞話。她分不清自己究竟能信任誰，而誰又不能信任，所謂風聲鶴唳、草木皆兵，這意思她總算明白了。

有次一個滿臉雀斑，身形瘦小看來頗為溫和的女同學突然跑來找她，對她說：「迎梅，辛苦妳了，真的不容易。但是妳要加油，我也會替妳加油的。」

她不知道該如何反應，只得呆愣當場，沉默以對。然而過了半晌那同學還不打算離開，彷彿是在期待著她說些什麼回應，於是她只得淡淡地回答。

「抱歉，我不希望談到那件事。」

話說完後，同學的臉色大變，一語不發地離去。等下次再看到那同學時，那同學已經和其他人湊在一起，說著她的壞話了。當她經過時，那同學還刻意大聲嚷著：「我可是好心安慰她，誰知她完全不領情，世上哪有像她這種人哪。」聽得她打從心底害怕起人類，一回到宿舍便將自己悶進被窩，不住地打著顫。

大學宿舍是四人房，二十幾平方公尺的空間裡擺了四張床位，上面是床，下面是書桌，床和書桌都是木質的。為了不打擾到室友，她與小雪通電話時總是在宿舍房間外講話，但卻仍屢次無法控制情感，忘我地大吼出聲。室友因此也對她頗為不滿，宿舍輔導員也對她勸導與警告再三，不久她終於在宿舍也待不下去了，第二學期便退了宿，在校外租屋獨自外宿。

當她將外宿之事告知小雪時，小雪沉默了好一陣後，才以滿是掙扎不安的語氣對她說道。

「迎梅，我覺得，妳或許還是去看個醫生比較好。」

小雪這話衝擊著她，如天外飛來的隕石，一頭將她徹底擊潰。

「什麼意思？妳是說我有病嗎？」

「去看過了才知道吧？」

「那妳說說看啊，我是得了什麼病？」

「我都說了我不知道嘛！」

小雪突然大叫出聲，使她心裡一驚，安靜了下來。記憶中小雪對她如此大吼，這還是頭一遭。

其實在理智上她也明白，自己現在的狀況絕對不算正常，但她害怕承認，怕承認自己確實溢出了常軌，因而強迫自己不去直視自己的精神狀態。然而小雪的話語，卻逼得她不得不正眼面對自己的內在現實。

小雪繼續說道，以一種如水沉靜，卻帶有著些許絕望沉味的語氣。

「對不起，迎梅，再這樣下去就連我也會迷失自我。我努力過了，努力讓自己變得堅強，堅強到得以成為妳的支柱，治癒妳的傷口。但我果然還是不夠堅強。再這樣下去，別說考上台大了，就連我的人生也會徹底脫軌，整個垮掉。」

她拚命壓抑住放聲哭喊的衝動，等待小雪把整段話說完。

理智上她明白，小雪畢竟也是肉體凡軀，又身為重考生，當然沒有能力無條件地將她劇烈起伏的情感惡浪全部包容，小雪也沒那個義務。對小雪而言，她才是深淵，無論小雪內在蘊含的光芒如何溫暖，終究會被無底的深淵徹底吞沒。

小雪已經拯救她、包容她太多太多了。她不想失去小雪。她知道自己正站在維持與喪失的分水嶺上，為了不要讓自己倒向喪失的那一邊，她應該答應小雪去醫院，治好自己；應該努力讓自己維持健康，避免造成小雪的負擔；應該靜下來好好告訴小雪，對她而言小雪有多麼重要。理智上，這些她都知道，但——

「這樣啊？妳也想分手啦？我就說嘛，一切都會毀滅的，我們根本就不該在一起，就是因為和妳在一起，我才會遇到那種事，但妳卻——」

「妳卻要拋棄我」，這話她怎麼也說不出口。不是小雪要拋棄她，是她狠力推開了小雪。

對她這陣狂風暴浪般的言語，小雪並沒有回應。小雪只是拖著沉靜而疲憊的嗓音，說道：

「迎梅……對不起。」

然後電話就斷了，只剩下「嘟、嘟、嘟」的冰冷音效在耳蝸中空虛迴響。

她用力將手機摔向牆壁，一陣震耳聲響中，手機的數個零件飛散四處，然後房間再度歸於寂靜。她感到一陣暈眩，彷彿天地反轉，上下不分，又像被拋擲進萬劫不復的寒冷冰窖之中，全身血液幾乎凍結。心臟痛得讓她好想拿把菜刀插進去止痛。拿起美工刀在手腕上劃了幾條細線，凝視著從體內滲出的鮮紅血液，半晌，才感覺疼痛終於稍稍平息。她全身脫力，將自己重重地拋進床上被窩之中。

隔日，她終於下定決心，到台大醫院掛了精神科門診。

11

高田薰，這個除了小雪之外，她唯一認真愛過的女人。

起初她還以為，自己終於獲得上天的一點垂憐，得賜一段良緣，終結長久以來流浪般的旅程。她以為，自己為了逃避過去的暗影不惜飄洋過海的覺悟與努力終於修成正果，得以邂逅一個全心全意接受並愛惜她的靈魂。

透過拉子交友APP結識小薰是二十六歲那年秋天的事。二十三歲離開台灣來到日本，轉眼之間已過了三年半，期間她上了研究所又畢了業，在一家日本公司找到工作，工作也順利地做了一年半。她沒再遇上什麼大風大浪，生活凡庸卻也平穩順遂，雖然仍需定期到精神科門診報到，領取抗憂鬱症藥物的處方箋，但用量比起大學時代已大幅減少，精神狀態也相對穩定，因此得以過著與常人沒兩樣的生活。

她與小薰都不是那種過慣了速食文化、喜歡和網路認識的人速戰速決立即見面的性格，因此兩人透過網路訊息魚雁往返多次，過了約莫一個月後，小薰邀她一起去逛美術館，她們才第一次見面。

假日的上野車站人潮如蝗，朝東西南北四處流竄。她提前到了約定的剪票口外，背倚著站內的柱子，單手拿著文庫本邊讀邊等。過了不久她突然感覺到一陣視線的溫度，抬起頭來便看見一個女孩正撥開人潮，筆直朝她走來。女孩約莫二十幾歲後半，一頭自然清爽的短髮略帶著點紅褐色。她立刻便認出那是小薰。小薰上半身穿著灰色的圓領長袖棉質T恤，下半身著及膝牛仔短裙，大方而不矯揉的穿搭，簡直是活得自由奔放的藝術大學學生的典型。小薰身高平均，長相也平平，若是在大街上擦身而過大概也不會多看上一眼；但若仔細端詳，便能從其穿搭風格裡發掘出一種屬於成熟女性的俐落魅力。

被小薰先發現自己，讓她略感到一陣靦腆。她將書收進包包裡，對著小薰輕輕揮了揮手。

美術館正在舉辦梵谷特展。對於美術她是一知半解，關於梵谷，也只聽過他曾割下自己左耳送給心愛的女人這類軼事，以及其最終是以手槍自殺一事。儘管如此，和小薰一起逛展仍然相當開心。小薰畢業於藝術大學，現在在美術專門學校擔任講師，對於西洋美術尤其精通，對每一幅展覽作品都能向她解說上好幾分鐘，她也因此獲得了許多相關知識，比如繪畫用色與精神狀態的關聯性，比如梵谷如何受到日本浮世繪的影響，又或者是梵谷與同時代畫家的關係等等，這些都是她獨自觀展時無法獲得的知識。她感覺自己在其中看到了有別於她先前所徜徉於文學世界的，另一種全然不同的精神世界。

那天之後，她又與小薰約了幾次會，雖然沒有明講要交往，但她了然於心，知道兩人之間有種默契，即使沒有明確的言語約定，兩人的關係依舊已經超越了一般友誼。

「這就是所謂『心有靈犀一點通』吧。」

她們第二次約會是在歷史博物館，第三次則是近代文學館。走出文學館時夕陽已經西沉，從海的方向吹來的暮秋海風帶著些許涼意。兩人走進一家咖啡廳，一如往常地談論藝術、文學與政治。話說到一個段落，她笑著以日文訓讀法引用了李商隱這句詩。

「心有……什麼？」

小薰完全聽不懂她引的詩。

「沒什麼。」她笑著說道，結束了這個話題。

術業有專攻，藝術大學畢業的小薰雖然也懂些日本文學，但對中國文學和台灣文學可就完全是門外漢了。有次小薰動用中學學到的漢文知識，發表了如下見解：

「『國破山河在，城春草木深』，這句詩總讓我感覺到一種生命新生的氣息，因為即便是在破碎的家國，春天仍會到訪，春草也會榮生，這些都是再生的徵兆。最近在電視上常看到敘利亞難民營的報導，那景象太過慘烈，更讓人期盼春天能早點到來。」

她一邊聽著，一邊在心裡苦笑。這種讀法恐怕超出了詩人和歷代詩評家的想像吧。安史之亂帶給大唐帝國多麼劇烈的打擊，小薰自然是無法想像。西元八世紀全世界最繁華的長安城，就因為安史之亂而一夕之間化作焦土。亂後唐帝國哪有什麼再生的徵兆，幾乎是一路衰退，直至亡國。「草木深」所描寫的並不是再生的徵兆、新生的氣息，而是杳無人煙、雜草叢生的荒城啊。若小薰還記得下一句「感時花濺淚，恨別鳥驚心」的話，應該也就不會作此解釋了。不過話說回來，從文學詩句裡聯想到敘利亞難民的處境，小薰的這種人道主義精神大概與詩聖杜甫亦有相通之處吧。而對她而言，這正是小薰吸引她的魅力所在。

然而世界並沒有迎來春天，而是朝寒冷的冬天傾斜而去。跨年夜，她們第六次約會，地點就在她家，兩人吃著零食，一邊看紅白歌合戰一邊聊天，偶爾嘻笑打鬧，就像天下所有的戀人一般享受著平凡的兩人時光。待在小薰身邊，「幸福」這個字眼就不斷掠過她的腦海，使她痴醉。除夜鐘響*之後，她軟軟地癱倒在小薰身上，以右手握住小薰柔軟的右手，小薰則以左手輕撫她的長髮，兩人隨著除夜鐘聲的殘響消失，不約而同地靜默了下來。

過了不久，小薰靜靜地說：「我錯過末班車了。」

小薰家住橫濱市，而她則是住在東京新宿區，兩人住處確實有點距離。但畢竟她東京也住了三年半了，自然很清楚，跨年夜的電車是通宵行駛的，沒有所謂錯過末班車這回事。

「那就我們兩個，一起搭著夢境的火車，駛向銀河的盡頭吧。」

「聽起來還真是漫長而看不到終點的旅程。」

「我才不需要終點呢，所以無所謂。」

她有多久沒像這般蠢笨地對人撒嬌了？她心想。隔了兩千公里的海洋，在大海另一頭度過的人生，回想起來也就宛如前世的記憶般若遠若近、若有若無。看來記憶的暗影並沒有追到海洋的這一頭來。而小薰，這個散發著如滿月般柔和光芒的女子，應該有能力替她祛除長久以來糾纏心頭的，關於死亡的翳影吧。

「憶往日兮生何惜，為逢紅顏命可拋，今為君故兮欲遐期。」她想起曾讀過的這首和歌，便順口念了出來。「真不可思議，只要在妳身邊，我就會覺得還想活下去。」

「真的？我倒是死了也無妨。」小薰說。

＊譯註：跨年夜，日本全國寺廟會一起敲響一百零八聲鐘聲，以迎接新年，此即「除夜鐘」。日本公共電視台NHK在播完紅白歌合戰後會轉播各地除夜鐘敲響時的景況。

「妳是在告白嗎？」她問。據說日本作家二葉亭四迷將英文「I love you」翻成「死了也無妨」。

「被名叫『見鬼的去死吧』的人這樣講，也開心不起來對吧。」小薰笑著說。據說二葉亭四迷這筆名，正是取「見鬼的去死吧」的日語諧音。

「那人是男的啊，我沒興趣。但小薰這樣講，我很高興。」

「若能一起死去，或許就能一起渡過三途川，而不用被男人牽引呢。」

「被男人牽引？什麼意思？」

「啊，妳不知道嗎？」小薰說道，「日本有個傳說，說女人在渡過三途川時，會由初次發生關係的男人牽引渡河喔。」

她腦中閃過一抹不安。她努力告訴自己不要去深究那不安的源頭。

「這什麼討厭的傳說？男尊女卑、異性戀中心主義也該有個分寸。」

「古老的傳說大抵如此囉。」

「再說了，我才不相信什麼三途川呢，死亡必須是一切的終結，我才不需要什麼死後世界。」

「那就努力享受生命吧，至少在還活著之時。」

小薰一邊說著，一邊拉著她的手把她邀到床上。真主動，這裡可是我家耶。她一邊在心裡苦笑，一邊回應著小薰的邀請。是呀，我畢竟還活著呢。上次像這般感受著生之現實，不知是多久以前的事了。

兩人面對著彼此，躺在狹窄的單人床上，小薰將白皙的手伸入她的衣服下，輕輕地愛撫著她的全身。腹部、側腰、乳房、背部。小薰平口用來握畫筆的修長手指此刻彷彿帶著電流，指尖到處便使她感到一陣酥麻軟醉。若她不小心受了什麼傷，小薰的手指該是比任何止痛藥都還有效的特效藥吧。她心想。

「小惠，妳在發抖呢。害怕嗎？」

「這是觸電，電流在我全身流竄，好麻。」

「這就是所謂的心電感應囉。」

小薰將手探入她的胸罩底下，溫柔地逗弄著她的乳頭。那一瞬的刺激使她忍不住倒抽一口氣，雙臂本能地緊緊纏繞住小薰的身軀。

「妳抱得好緊。」

「為了不讓妳逃跑啊。」

「我才不會逃呢，不是說好了要一起去銀河盡頭嗎？」

小薰的話語使她不禁微笑了起來。她明白這類戀人之間的絮語並不包含任何現實意涵，純粹就是蠢笨的夢囈，但即使如此她也甘願沉醉其中。無論相識相戀的契機充滿著何種熠燿的知性光輝，戀愛之為物本身就是處於理性對極的，充滿無限蠢笨念想的幻覺。若說世間唯有悲劇才能蘊含深意，那麼耽溺在戀愛泥淖裡的情人所注視的，便是由純粹的滑稽所構成的喜劇世界。她明白，若向喜劇索求意義便太不解風情，沒有深意也就罷了，喜劇本身便已足供人類樂享。

前戲過後，小薰伸出手要脫她的衣服。從決定留小薰過夜的那刻起，她便已做好了心理準備，但當上衣被掀起的那瞬間，她卻渾身一個顫慄，反射性地拒絕了小薰的動作。

「怎麼了？」

小薰問道，聲音中略帶著吃驚。該怎麼向小薰說明呢。她只思考了數秒，便放棄了說明的念頭。

「我，我自己來。」

自己動手的確減少了本能的抗拒感。她褪去衣物，裸裎面對小薰。小薰略遲疑了一會後，便也脫去衣服，趴到她的身上，開始親吻她的乳房、脖頸、耳垂。小薰的體重使她略微感到窒息，然而她卻陶醉其中，蠢笨地告訴自己，這便是幸福的重量。

天花板上日光燈的光線太煞風景，小薰伸手抓起遙控器關掉了。黑暗之中，她感到小薰柔軟的雙唇與她重疊。為了回應小薰的熱情，她以自己的舌頭迎擊那不由分說闖進自己口腔的濕潤舌尖，兩條舌頭互相對抗、糾纏、舔拭著彼此，宛如兩條長蛇纏繞著彼此的蛇身，展開一場殊死的惡鬥。與此同時小薰的右手仍持續愛撫著她的身體，她全身像是被那五根手指所支配似地，不斷發出低微的喘息。一想到自己竟然活到了二十六歲才第一次經驗如此激情，她便感到內心一陣羞赧，但旋即便又痴醉於不斷從身體中樞浪潮般湧上的麻痺感，進入一種恍惚以近於迷昏的狀態。她不由得閉上雙眼，放棄抵抗，準備將自己的全身交給小薰任由擺布。

然而，當小薰的手指靠近她的下體時，一陣顫慄又席捲了她的全身。那個夜晚窄巷的風景，她以為早已在大海彼岸褪色的記憶重又鮮明地甦醒，蒙太奇般突如其來的回憶之流使她反射性地拍開了小薰的手。小薰停下了動作。

「理惠？」

小薰驚詫地望著她，叫著她的暱稱。

直到被小薰呼喊，她才發現自己已淚流滿面，淚水濡濕了枕頭。小薰似乎也察覺了事情不對，便坐起了身，打開了電燈。黑暗在一瞬間便隱了身。

「妳怎麼了？還好嗎？」

小薰一邊以手指拭去她的淚水，一邊如此問道，語氣裡滿是擔心。

「對不起……」

她一邊啜泣，一邊道著歉。「對不起……」除此之外她講不出第二句話。

小薰略沉吟了一會兒後，再次在她身邊躺下，輕輕地擁住了她的肩膀，以呢喃般的細語安慰她。

「沒關係，沒事的，沒事……今天就這樣，好嗎？」

小薰的細語如水流淌過她的心口，使她的淚水再次滿溢上來。她將臉埋在小薰胸口，顫抖著：

「謝謝、謝謝……」

一聲一聲地重複著，宛如要擺盪至悠長時光的盡頭一般。

在那之後小薰又在她家住了幾夜，兩人一同度過剩餘的連假。小薰的職場年初假期放到一月五日，因此她也配合小薰請了假休到五號。剛好一月五日是她的生日，兩人便買了蛋糕來慶祝。小薰買了紅酒要配蛋糕，她則因不喜紅酒的苦澀，而在便利店買了「ほろよい微醉」罐裝水果酒。兩人把直徑十五公分的圓形蛋糕放在暖桌上，圍繞著蛋糕舉杯相碰，玻璃高腳酒杯碰撞，發出一聲悅耳的清脆聲響，此情此景，令她想起小時候聽過的一節歌詞。

讓我們紅塵作伴，活得瀟瀟灑灑。
讓我們策馬奔騰，共享人世繁華。
讓我們對酒當歌，唱出心中喜悅。

讓我們轟轟烈烈，把握青春年華。

這是小學時代紅遍中華圈的連續劇《還珠格格》的劇中歌，對於歌詞裡描繪的那種自由不羈的生命型態，她至今仍懷抱著憧憬。特別是取自曹操〈短歌行〉的「對酒當歌」一句，使她頗感共鳴。「對酒當歌，人生幾何，譬如朝露，去日苦多」，正因人生如朝露不知何時會迎來終結，所以更該把握當下，秉燭享樂。雖然她不大會喝酒，但此種心緒卻該是直通曹孟德的吧。不過話說回來，自己現在身處這扶桑之國，靠著日本式的暖桌取暖，與日本女友四目相對，舉著西式的酒杯乾杯，腦中卻浮現出一千八百年前中國詩人的詩句，想來也頗為可笑。這種油然而生的滑稽感，使她不禁笑出聲來。

「妳在笑什麼啊？」小薰問。

「沒什麼，只是想起了一些事。」

「想起了什麼？」

「對酒當歌囉。」

「什麼東西啊？真奇怪。」

「是啊，就跟妳說我是個怪人。」

若能選擇跟誰紅塵作伴瀟灑過活，她希望那個人便是小薰。她情願與小薰共享彼此的生命史，接納彼此的一切，在這窄小侷促地使人難以存活，卻又充滿未知風景的廣袤世界裡，時而拂吹春風，時而眺望明月，一同踏歌探索寰宇的奧秘。為此，她必須對小薰坦承自己的過去，她實在不想，不想繼續在綿密的黑暗之中，跳著永無止盡的獨舞了。

跨年夜那天以來，她便不斷尋找著恰當的時機，經過千思萬慮之後決定要在生日那天告白。她相信小薰聽完她的故事後，一定會輕輕地擁住她，在她耳邊溫柔地低語：「真的辛苦妳了，沒事了，都過去了」。

但她很快就發現自己的想法實在太過天真。吃完蛋糕後兩人肩靠著肩，一同看完從 TSUTAYA 借來的《青春電幻物語》，影片結束後兩人陷入剎那的沉默，趁著那一瞬，她對小薰說：「我也想告訴妳我的故事」，然後將身體靠在小薰身上，靜靜地娓娓道來。她說起發生在那個夜晚的災難，以及其後黑暗的大學時代，與小雪的別離，精神科的門診。她奮力挖起那些平時只要一想起便足使她深感恐懼的記憶，嘗試重新對其賦予語言，給定時間順序，以自己的話語述說出來。這比她原先所想更加耗費精神力，她數度嗓音發顫，哽咽得說不出話。彷彿經過了數個小時，她才總算講完那漫長的故事。厚重的沉默再度降臨，支配了空間。

「妳怎麼現在才告訴我？」

小薰回應的話語溫度比她原先想像的要冷上數十倍，剎那間她還以為自己聽錯了，過了數秒，她才明白自己確實正遭受小薰的責難。她感到全身冰冷，胸口像是被什麼東西緊緊纏綁住一般難受，腦中一片空白說不出話，唯有以驚詫的眼光望著小薰，無助地等待眼前情人的下一句話將自己徹底割裂。

「妳和男人有過經驗，又有精神病，這種事，難道不該早點向我坦白嗎？」

小薰並未大聲斥責，而是以平淡的口吻責問著她，但小薰所用的每一個詞語全都像尖銳寒冷的冰柱一般，插到她的心口上。她不明白為什麼應該早點坦白。難道自己必須逢人便說，自己其實身懷精神病，而且還是強姦的受害者嗎？然而此時她卻毫無心力反駁，在小薰責問的話語面前，她毫無抵抗之力。

「我對誰都沒說……只有妳……對我而言很特別……」

她感到全身發寒。就算下半身泡在暖桌裡，暖桌被蓋到了肩頸，她仍感覺自己冷得連骨髓都快要結凍。平時說得一口流利的日語此時在腦中全成了一團亂麻，使她語無倫次只能掙扎地吐出語言的碎片。她感到自己的聲音沙啞了起來。

「那不就是欺騙嗎？」

小薰撂下這句沒有溫度的話後，推開她站起了身。她抬起頭仰望小薰。與小薰對看的那瞬間，她感覺自己心口開了個大洞，全身失去了重心，不斷往虛空之中墜落又墜落。小薰眼神裡滿是輕蔑，那眼神如銳利箭矢刺穿了她。

「我沒辦法和妳交往。」

小薰開始整理行李，打包完畢後便逕自往玄關走去。

「等等。」

她擰絞毛巾般擠出全身最後一點力氣，終於說出了這句話。小薰停下了腳步。

「妳要拋棄我嗎？」

她已沒有勇氣望向小薰，只能低著頭，喃喃自語般地擠出這句話。

她感到小薰灼熱的視線在自己身上灼燒。

「是妳不誠實，自作自受。」

小薰說著便打開玄關門，從她家走了出去，也從她的人生走了出去。門啪搭一聲關上後，包括時間之流在內，一切都靜止了，只剩下令人毛骨悚然的靜寂包圍了整個世界。她聽到自己的心跳聲，驚訝於為何這顆心臟仍能繼續跳動，為何不像魚頭被一刀剁下的生魚一般，剎那間便在砧板上停止跳躍？在日光燈冰冷的光線之中，她只能獨自一人坐在地板上，陷入一片無邊荒涼的茫然。

12

七月三日（四）晴後轉陰

兩個月一次的門診，這樣的門診究竟有沒有意義，至今我仍不得而知，但台大醫院精神科所在的那棟紅磚建築的舊院區我還頗為中意。從日治時代遺留至今的文藝復興風格的正廳自是壯麗，但靜靜佇立於其左側的精神科門診，那小而美的建築也足以令人忘卻外面常德街和中山南路的世俗喧囂。雖然每回在診間外總是得等上兩、三個小時，但靜坐窗邊，一邊沐浴著來自窗外不過於耀眼的金黃色光芒，一邊看著小說，便幾乎要忘記現在身處醫院，而自己是個患者。窗外是一方草地，迎著陽光一片油綠。

八月八日（五）午後雷陣雨

小雪要來了。大學交叉查榜系統上，楊皓雪的名字旁清清楚楚地寫著「國立臺灣大學社會學系」幾個字。

小雪沒有聯絡我。既然考上了，至少也該跟我報個喜吧。不過這也不是不能理解，畢竟我對她說了好多過分的話，傷害得太深太重，她肯定想和我離得愈遠愈好。就算身處同一所大學，她也不想再與我發生關聯了吧。確實，她離開我之後不久就實現了她的目標，可見我們在一起本就是個錯誤。止因我們相愛才會產生悲劇，導致毀滅。就算沒有那個夜晚，我們肯定遲早要分崩離析的，因為在本質上，我們就是犯下了過錯。

九月十八日（四）陰

新學年第四天，雖然還在加退選期間，但光必修科目課表就已經幾乎全滿，擠下中文系的「楚辭」和「現代小說選」就已經是極限了。

約好了今天回診，便蹺掉了「楚辭」課。雖說楚辭課是大堂課，第一個禮拜大概也只是說明課程概要而已，因此缺席大概也不成問題，但還是心中不大對勁，一種靜不下來的感覺。

也不只是今天，這幾天總感覺有些焦躁不安。大概是因為新生入學的緣故吧，總覺得校園一下子狹窄了起來，中午到學生餐廳吃飯也總是擠滿了人，光是吸進那空氣就幾乎快要因缺氧而頭痛。一想到小雪可能就在人群裡，便感到一陣不安，惶惶不可終日。

十月一日（三）雨

「日語會話二」教到日文量詞用法，課堂練習前老師用日文說「大家都很聰明，所以要盡量多生小孩，把優秀的基因留給下一代」，然後便一個一個點名學生用日文問「你要生幾個小孩？」或「你想要幾個小孩？」讓學生回答，練習「人數」量詞的用法。當我被問到「要生幾個小孩」時，實在不知道該如何回答，只得沉默不語。

十月三十一日（五）豪雨

在陳醫師的指示下開始寫日記，至今也過了半年。回過頭讀這半年以來的日記，發現寫日記時的自己與平時的自己，幾乎不是同一個自己。就像是從平時處於狂亂瘋魔狀態的靈魂裡抽出僅存的理性結晶，以其結晶塑造出另一個自己，而寫日記的就是這另一個自己。因此寫日記時我總能免於自身情感劇烈起伏的影響，從而得以理性地分析自身言行。或許這便是陳醫師要我寫日記的意圖吧。

然而寫得出日記的，也僅限於情緒處於相對和緩狀態下的短暫時間，除此之外的時間，若非陷入一種自我毀滅式的絕望境地，就是彷彿跟世界隔了一層厚重玻璃，感覺世間的一切都與自己毫無關聯。

十一月五日（三）陰

又在說我壞話！你們到底懂些什麼？為什麼不全都去死一死算了？

十一月七日（五）陰後轉晴

回頭讀星期三的日記，這才發現自己平時情感的起伏究竟有多劇烈。

「日語會話二」的課堂上，老師又要求學生兩兩一組練習對話，我一如往常落了單，只好一人飾演兩角朗讀教科書上的對話。一下課我便立刻衝出教室，半路上才發現自己把鉛筆盒忘在教室裡，趕緊又折回去拿，靠近教室時就看到總是混在一起的女生四人組，正在教室門邊靠牆說著話。「老是擺著一副臭臉，以為自己是誰啊？」、「都那麼久以前的事了欸，玻璃心」，幾句話隨風飄進耳裡，回過神時已經跑了起來，也顧不得鉛筆盒了，回到家便在日記上寫下了那幾句詛咒般的話語。

但她們說得也沒錯，都過了那麼久了，我究竟要消沉到什麼時候才能得救？在這無底的黑暗深淵之中，我究竟要忍受疼痛到何時才能獲得解放？

十一月二十日（四）小雨

今天終於向陳醫師出櫃了。門診至今雖然有時會談起那個夜晚的災難，但我一直拒絕對陳醫師述說關於自己和小雪所犯的罪。但既然連我自己都知道，身為女同性戀（啊，這詞聽來多麼可憎）正是自身問題的核心之一，那麼不斷向核心逼近的陳醫師會察覺，本來就是遲早的事。

「妳是不是，對我隱瞞了某些事？」陳醫師望著我的眼睛問道。

「沒有啊。」我如此回答，卻當然矇不過陳醫師。

「妳不想說的話我也不會強迫妳說，但我覺得，這件事和妳自我否定的根源有著很深的關係，至少，那可能會是一個重要線索。」

「你的意思是說，強……被侵犯，做為自我否定的原因，強度還不夠嗎？」

「不是這個意思，但除了這個之外，應該還有別的什麼吧？而且，應該還是很重要的事。為了自己的健康，好好想一想吧。」

根本用不著想，自己隱瞞的是什麼，我再清楚不過了。

不知沉默了多久之後，我終於說出了口。

「我……只能喜歡女生。」

把這句話說出口的那一瞬間，過去的記憶又如雪崩般倒進腦中。丹辰，小雪，那個夜晚的暴行、男人的齷齪話語——

「原來如此。」陳醫師推了推眼鏡。「妳要不要試試看，做一個思考練習？妳不是只能喜歡女生，而是就是喜歡女生。」

無言以對。

一月三十一日（六）晴

許久沒回家，趁著農曆年期間回家住了一星期。除夕夜吃年夜飯，同桌有幾個不認識的遠房親戚，說是在中國做生意，一年只回台灣一次。我連他們的名字都不曉得，他們卻好像個個都認識我似地，一邊斜眼乜著我一邊細細碎碎地咬著耳朵。多虧了媽媽刻意大聲說話笑鬧，我才沒聽見他們談話的內容。

五月十一日（一）晴後轉陰

午休時間經過傅鐘前時目睹了一片奇妙光景，不自覺地停下了腳步。行政大樓前，傅鐘與噴水池周邊聚集了近百個學生，不斷高聲呼喊著什麼口號。許多學生把腳踏車停在身邊，另有幾個旗手在一旁揮舞著校旗。側耳仔細傾聽，口號似乎是在喊著「百大維新！萬眾一心！台大加油！」。「維新」這詞聽起來有種莫名的順耳感，我因而凝神望向人群，想搞清楚他們在做什麼。

然後我便清楚地看到了，在一片和煦的春陽之中，一個熟悉的身影在後腦勺甩著一條光澤飽滿的長馬尾，正與人群一起齊聲喊著口號。是小雪。在那瞬間，周遭一切音聲都如潮水般退去，萬事萬物也都褪去了色澤，世界彷彿只剩下我與小雪兩人。與此同時我確信，小雪也看到了我。她的眼光落在我身上，那視線比起周遭群眾沸騰的熱氣還要熱上數百倍，不斷燒灼著我的皮膚與心靈。我反射性地別開目光，快步離開傳鐘，心中還期待著小雪會追上來叫住我，但過不了多久我便確信，這種期待只不過是我單方面的妄想罷了。

七月九日（四）豪雨

「這不是妳的錯，不需要自責。」

陳醫師這句話不知對我說了多少次了。

若陳醫師這話為真，若我真的沒有犯錯的話，為什麼會如此痛苦？為什麼必須如此痛苦？

我想起來了。當初我也是這樣想的，自己沒有錯，錯的是那個男人。然而在那之後聽多了周遭的流言蜚語，不知不覺之間就連我自己也相信起來，自己的確是犯下了什麼毀滅性的滔天大錯。

我對陳醫師如此坦白後，醫師點點頭，建議我：

「療程開始到現在已經過了一年半，我覺得是有些效果了。妳就趁著暑假好好休養生息，等新的學期開始，不妨試著踏出新的一步如何？」

聽完之後我腦中仍一片恍惚，不知道該說些什麼，又該如何反應，但過不了多久便輸給了陳醫師話語裡蘊含的溫柔，不自覺地點了點頭。

八月十日（一）雨

讀完林文月老師的《京都一年》，突然好想到京都走走看看。

林文月老師曾任台大中文系教授，也是《源氏物語》中文版的譯者。《京都一年》這本散文集是在一九六九年，以訪問學者的身分前往京都大學、旅居京都的一年期間裡所寫，我讀的則是二〇〇七出版的修訂二版。四十年的歲月彈指而過，當年三十六歲的作者如今已近八十，而一九六九年訪問京都時結交的當地摯友也在時代進入新世紀不久之後便過世身亡，得知老友亡故消息的作者所寄出的悼念卡片，竟被蓋上「查無此人」的戳章退了回來。時間之流終將沖走一切，留下的唯有白紙黑字。

時間不多，想走就快走吧。我確認了護照效期後，便開始著手進行旅途計畫。

八月十九日（三）快晴

京都的夏天雖熱，卻不似台灣那般潮濕，恰到好處的暖陽均勻而舒適地灑在這個千年古都之上。這個季節的京都沒櫻花，沒楓葉，也沒霜雪，某種意義上是頗無趣的，或許也正因如此，鎮上觀光客不多，但這對我而言正好。

出了銀閣寺走沒多久，便來到哲學之道。四十年前住在白川疎水通附近的林文月老師，是否也常到哲學之道散散步，或是坐在河邊觀賞棲息河中的鯉魚呢？四十年後的今天，我受到她文章的牽引而來訪此地，眺望著同一條河川，想來真是不可思議。

在哲學之道上漫無目的地散了一會步，忽然瞥見一座名為「洗心橋」的石橋。渡過石橋後，「法然院」的路標就在眼前。我突然想起不知哪裡讀過的，說是京都法然院裡有著谷崎潤一郎的墓，於是便追隨著那模糊的記憶，踏上了通往法然院的坡道。坡道四周種滿了碧綠的植株，濃密的樹蔭使得外面的暑熱剎那間涼爽了下來，彷佛是不同的兩個世界。順著坡道前行不久，便看到寺門就在眼前，寺門前立有一座石碑，上面刻著「不許葷辛酒肉入山門」的字樣。與寺門反方向之處，是一片墓石林立的墓園。附近杳無人煙，唯有如波浪湧上的蟬噪陣陣。

在墓園裡徘徊了一陣後，終於找到了那兩塊墓石，一塊墓石上刻著「空」，另一塊則是「寂」，兩邊都有「潤一郎書」的落款。我就這樣望著兩塊墓石，發了一會兒愣。若說活至七十九歲的長壽作家，在離世之前對自己人生所下的註腳便是這兩字，也就怪不得世人會感到空虛孤寂了。

穿過法然院寺門，在寺裡漫步一陣後，忽然瞥見一張大大的蛛網，上面懸著一隻黑黃相間、色彩鮮艷的絡新婦。附近有一隻枯葉色的、毫不起眼的蝴蝶，黏在了蛛網上。蜘蛛絲在陽光照射之下，閃耀著銀色的幽光。

八月二十六日（三）小雨

結束了為期一週的旅途，回到了台北。

短居京都的一週相當舒適，既不用在意他人眼光，也無須為城鎮的喧囂感到煩躁，每天早晨醒來時總是神清氣爽，走在街巷之上心情也頗為平靜。於是我赫然發現，原來在一個自己從未到過的，也沒有人認識自己的異地生活，竟能讓人感到如此放鬆。

九月十六日（三）陰後轉雨

新學期第三天，晚上去了手語社的迎新茶會。

陳醫師所謂「踏出新的一步」指的是什麼，稍微想想就能明白。其實我也早已厭倦於把自己關在自己的殼裡了。這層透明的殼將我與世界隔開，賜我以安心：只要不與他人有太多接觸，也就不會受不必要的傷。但若殼外的世界裡真有我的容身之處，那麼我也願意離開自己的殼，走到殼外的世界裡尋覓。

參加社團活動正是為此。這所大學的社團數據說是全台灣數一數二的，其中總該有我的容身之處吧。但為了不遇到小雪以及系上同學，我猶豫要加入哪個社團猶豫了好久，最後才決定參加手語社。學會一種無聲的語言，應該有助於拓展世界的寬度，這對我而言是有魅力的。而整天追著傑尼斯和視覺系偶像跑的那些系上同學，想必也沒什麼人會對手語感興趣吧。

迎新茶會在綜合大樓的教室裡舉行。新生一邊吃著零食，一邊觀賞學長姊（說是學長姊，其實我學年還比較高）的手語歌表演，表演結束之後，手語老師上台教大家如何用手語自我介紹。老師是位聽障人士，男性，說話發音不太清晰，但為人相當溫和，外表看來大概快滿四十歲左右。參加迎新茶會的大多是大一新生，但除了我之外也有零星幾個大三生。所幸新生與舊生裡似乎都沒有日文系的人，也沒有我認識的臉孔。只要在這裡，我應該就能順利拓展人際關係吧。一思及此，我便感到心裡一陣久未曾有的雀躍。

十月三十一日（六）晴

晚上閒著沒事在PTT上逛板，無意間瞥見同志遊行的照片，不禁心頭一陣蕩漾。

我當然知道今天是一年一度台灣同志遊行的日子，而上大學後似乎頗積極參加社運的小雪會參加遊行，這也在預料之內。然而當我親眼在照片裡看到小雪的身影時，仍感到心裡一陣刺痛。照片裡的小雪走在台灣同志熱線的隊伍裡，左手搖著彩虹旗，右手則是牽著一個看起來與她同齡的女孩的手。小雪在熱線的教育小組裡面擔任志工，這我是知道的，因為「小雪」這個名字就光明正大地登在熱線的網站上。第一次在熱線網站上發現小雪的名字時，一想到「小雪」從前是專屬於我的親暱稱呼，而現在竟已成了登在網站上供大家叫喚的公開名號，心中就止不住一陣落寞。

走在小雪身旁的那個女孩，想來是她的新女友吧？不可思議地，我竟沒什麼嫉妒的感覺，反而是有一種帶著些理性意味的達觀想法浮上心頭。小雪和我分手已超過一年半，當然有權利交新女友。就在我仍被災難的記憶綁縛而動彈不得之時，世界仍然繼續運轉，時間仍然繼續流逝。世界從不停下步伐，止步不前的就只有我而已。

若是一年半前的我，在看到這照片之時肯定是無法承受的吧。或許這也是我的精神狀態正逐漸恢復的佐證。陳醫師也說了，他覺得療程是有些效果了。而實際上，我在手語社裡也已交了幾個朋友，和他們也都能正常對話。若康復的進程繼續發展，或許再過不久，我便能順利擺脫過去的咒縛也說不定。

十一月十二日（四）陰

許久沒寫小說，突然心念一動，又想寫作了。打開電腦試著寫了幾行，卻總寫不上手，心裡積蓄了二十年的詞藻庫像是生了鏽般硬打不開，小說情節的靈光也總不閃現。

當我把寫不出小說的事告訴陳醫師後，他問：

「妳以前，都寫些什麼樣的小說？」

我一時之間不知如何回答而陷入了沉默。到底我以前都寫了些什麼樣的小說啊。那些篇章確確實實一字一句都是我親手寫下的，但卻全都如遠古時代的記憶般早已斑駁褪色。再說了，面對「什麼樣的小說」這種問題，有多少人能立刻回答出「就是這種小說」呢？小說與書寫這回事，應該沒有一問一答如此單純才對。

沉吟了一陣之後，我答了一個平庸至極的答案：「關於死亡的小說。」

然而陳醫師卻似乎不在意這回答的平庸性，繼續問道：「為什麼以前會想寫這樣的小說呢？」

我再次陷入沉默。

「那我換個問題吧。對妳而言，書寫意味著什麼？」

「與自己的對話，以及對內心深層的探索。」這問題我立刻就回答出來了。

「還有什麼嗎？」

「自我展露。」

「也就是說，妳現在處於一種無法進行這些活動的狀態，對吧？」

「是的。」

「日記呢？寫得出來嗎？」

「可以，我幾乎每天都寫。」

「但卻寫不出小說。這是不是因為，妳在害怕著什麼呢？」

我在害怕著什麼？其實我若是試著自己挖深思路，要找到答案應該不那麼難才對。日記是沒有讀者的，因此無須在意他人眼光；但小說不同，小說是為了被閱讀而書寫，就算進行書寫活動的當下處於某種孤絕狀態，他人的眼光也仍會本質性地介入，而那正是我所難以承受的。換句話說，我所害怕的正是將自己的內心，曝現於他人眼前。

「要問我的意見，我覺得『寫不出來』的狀態，其實正代表著書寫對妳而言的重要性。等哪天傷好了，大概就又寫得出來了吧。」陳醫師說。

「所謂的『哪天』，是指哪天呢？」

「這……」

陳醫師難得露出了為難的表情，從椅子上站起了身，望向窗外。

「就是因為不知道是哪天，才會說『哪天』啊……不要急，慢慢來吧。」

十一月二十五日（三）冷雨

讀了余華《活著》之後毫無脈絡地冒出了「活下去吧！」的念頭。天無絕人之路，只要渴望生存，生命自會找到出路。

一月一日（五）晴

昨天和手語社的朋友小竹、琬蓉、承傑一起去一〇一跨年看煙火。晚上七點多到達市民廣場時現場已是人山人海，好不容易才找到一個看得見舞台的位置，一站就是五個小時。將近凌晨零點，倒數計時聲響徹會場，緊接著便是「Happy new year!」的歡呼，以及從一〇一大樓激噴而出的鮮豔煙火。煙火炸裂的瞬間，我腦海裡浮現的是去年跨年夜的景象。那時的我毫無出門的動力，且又得了感冒，倒在家裡床上一睡便睡過了一個年。

倒數計時完畢後人群逐漸散去，公車和捷運都被洶湧人潮淹沒，怎麼也搭不上，於是我們便乾脆從市民廣場步行回到承傑所住的台大男三舍。路上走了一個半小時，但邊走邊聊天，便也不覺得久了。回到承傑宿舍時，承傑的室友都不在，我們便霸佔了整間房間，一邊吃消夜，一邊玩撲克牌或練手語，鬧得不亦樂乎。玩到凌晨四點左右才總算感覺疲憊，四人便在鋪著巧拼的地板上四倒八歪地睡著了。

世間所謂「大學生活」或許便是這種感覺吧。大一大二時的我肯定無法想像，自己有天竟也能有如此經驗。

下星期開始便是期末報告和期末考的狂浪了。

一月五日（二）陰

五、六節的「日本語言學概論」結束後，小竹突然打電話來叫我趕快過去。到了約定的空教室後，埋伏在一旁的琬蓉、承傑以及其他十來個手語社成員突然跳了出來，高聲唱起生日快樂歌。小竹面帶微笑，代表大家將禮物和卡片交給了我。小竹打電話來時我便想到有可能是生日驚喜，卻沒想到竟會如此盛大，不禁濕了眼眶，由衷地感到開心。

一月十四日（四）雨

期末考最後一科寫完交卷後，便趕緊離開大學，前往醫院。

報告完社團裡的人際關係之後，陳醫師露出了滿足的微笑。受到那笑容的鼓勵，我不自覺地脫口而出：

「我是不是快要痊癒了？」

陳醫師既沒肯定也沒否定，只是反問道：

「妳覺得痊癒，是指什麼呢？」

我不知道該怎麼回答，只得沉默不語。於是陳醫師繼續說道：

「那這就給妳當作業吧。回家後好好想想，所謂『痊癒』是指什麼樣的狀態。或許在不久的將來妳就不需要再來醫院報到了，妳可以想像一下，那時候的妳該是一種什麼狀態。」

一月二十二日（五）陰

痊癒是指什麼樣的狀態？我想了好久，仍無法順利以言語表達，思緒再怎麼爬梳仍是一團混亂。所謂痊癒，應該不只是「能和一般人一樣過正常的生活」的狀態，而應該是某種更傾向於內面的、與精神有關的狀態吧。然而不管是身體上或是精神上，我都不奢望能回到「災難」前的狀態了。「災難」是糾纏一生的烙印，絕不可能化約為無。

一月三十一日（日）雨

為期四天的手語社寒假宿營結束，今天回到了台北。手語社每年寒假和暑假都會舉辦一次宿營，這次寒假宿營是和清華大學手語社合辦，地點在新竹。四天三夜的宿營裡有各式各樣的活動，包括大地遊戲、手語大堂課、手語劇和手語歌成發等，也有和啟聰學校的高中生交流的活動。

「迎梅，妳快樂嗎？」

第二天晚上的自由活動時間，我與小竹坐在營火旁，一邊看著周遭或跳舞或談天的人們，一邊烤著被寒風吹冷的身體。這時，小竹毫無脈絡地問了我這麼一句。

「快樂啊。為什麼這樣問？」

「因為我覺得，妳有時會露出一種寂寞的表情，那種表情好像隔著一層厚重的、用寒冰建造的牆壁似的。」

「妳想太多了啦。」

我那時雖笑著唬嚨了過去，這幾天來小竹的話語卻不斷在心中迴盪，胸口彷彿被什麼東西緊緊綁住一般呼吸困難。厚重的牆。只要我仍帶給他人這種感覺，或許就不能算是痊癒吧。

三月十八日（四）晴

「我覺得，是遺忘。」我對陳醫師說道。

「妳是指什麼呢？」陳醫師露出沉穩的笑容，回問道。

「關於痊癒，」我說，「痊癒的狀態，或是……終點。既然『災難』的事實無法取消，那麼我所能做的，就是藉由遺忘傷痛，來完成自我回復。」

雖然只有一眨眼的功夫，但我確實看到了陳醫師臉上露出了困惑的神情。雖然他立刻又擺出了沉穩的笑容，卻似乎仍找不到合適的話語一般沉默著。五秒，十秒，又或者過了更長的時間之後，陳醫師總算再次開口。

「妳覺得，妳能夠完全遺忘嗎？」

「就算不能完全遺忘，至少可以努力不去想起。」

「若是真的可以的話，那或許也不失為一種方式。」

陳醫師雖如此說道，但臉上表情顯然並不贊同，因此我便問道：

「陳醫師，您覺得呢？」

「我覺得啊……」陳醫師一邊找尋著適當的詞語，一邊緩慢地開口說道。「人類的記憶，實在是很不可靠的東西，有時你想要想起某些事卻怎麼都想不起來，有時你想要忘記某些事卻怎麼也忘不掉。總之我的意見是，最好不要過份仰賴記憶這回事，不管你是想要記得，或是想要遺忘。」

陳醫師略頓了頓後，又繼續說道：「我明白妳找到的『遺忘』這個答案了，不過請妳也思考一下『和解』這個詞，好嗎？」

五月二十六日（三）陰

受不了了，這個狹窄的世界，為什麼光是生存便得如此困難？經過了那麼久的努力，好不容易才獲得的事物，難道又要失去嗎？好想逃走，逃得愈遠愈好。這座島簡直是地獄。

五月二十七日（四）雨

今天的課全蹺了，醒來時想起今天有預約門診，趕緊拉開窗簾，才發現窗外早已全黑，雨粒彷彿有彈珠般大，不斷不斷敲打著窗玻璃，聽著彷彿是某種粗暴的交響曲。轉頭望向牆上的時鐘，短針剛爬過九點。

六月二十六日（六）午後雷陣雨

期末考週結束，又一個學期告了終。

傍晚有手語社期末聚餐，我沒去。回想起這一個月，我都沒再去過手語社。下午小竹打了兩通電話給我，但都在我猶豫著該不該接時就斷了。

七月八日（四）午後雷陣雨

渴望逃離這座島嶼的念想不斷糾纏著我，我好想，好想把過往的可憎記憶棄置在這座島嶼上，逃到沒有人認識的地方，重新開始。

這兩個禮拜我不斷查詢著東京研究所入學考試的資訊。東京，這座一千萬人居住的大城市裡，總該有那麼一個角落許我容身吧。資料查著查著，發現東京一間著名私立大學的文學院研究所提供頗為優渥的獎學金，招收研究日本漢文學與日中比較文學的碩士生。稍微看了一下考古題，大概有七成都會寫。

八月十九日（四）晴

時隔五個月再次光顧陳醫師門診。我告訴陳醫師說大學畢業想到日本去之後，陳醫師問道：「為什麼這麼突然？」於是我只好把手語社裡和小竹發生的事告訴了他。

「妳這，不是一種逃避嗎？」聽完了我的話，陳醫師問道。

「是逃避沒錯。」我回答，然後補充道：「要逃就要逃得徹底，所以我也計畫要改了名字再過去。」

「這是為了『遺忘』嗎？」

「就算無法『遺忘』，至少能『訣別』。」

「上回我請妳思考『和解』這個詞，在那之後妳想了嗎？」

「想過了，總之就是要我肯認過去的傷痕作為人生的一部分，然後與之和解，對吧？」

「妳很聰明。」

「但理解與實際能否作為，卻是兩回事。」

醫師聽了，低頭略為沉思了一會後，對我說道：

「若妳真的是這樣想的，我也無法反對。實際上，或許妳到了日本便會有什麼新的轉機也說不定，這種可能性是誰都無法否定的。但我想妳也很清楚，就算妳能逃出台灣，也逃不出自己的人生。」

「我倒不覺得人生是逃不出去的，總有方法。」

「但那方法，作為精神科醫師可不大推薦。」

陳醫師苦笑著說道。

八月二十五日（三）颱風

颱風帶來的狂風大雨，已經持續了整整三天。

待在家裡沒事，便思考著該改什麼名字才好。既然要去日本，那當然最好是能取一個中日兩用的名字。我參考了漢字字典和人名辭典，又在網路上玩姓名產生器玩了半天後，總算決定了。趙紀惠。「紀惠」這名字，中文讀作ㄐㄧˋ ㄏㄨㄟˋ，日文也可讀作のりえ（Norie），兩者都相當自然。

八月三十日（一）晴

到區公所去辦了改名手續，領了新的身份證。反正學生證的名字也得改，所以想盡快趕在新學期開始之前把手續辦好。

回到家後望著那張寫著「趙紀惠」的身份證，有種不可思議的感覺。從今天起，「趙迎梅」這個人就消失了，取而代之降生於世的，是名為「趙紀惠」的人。

「趙迎梅」。我在筆記本上把這名字描摹了幾遍，又出聲念了幾遍。趙迎梅，迎梅，迎接梅花的盛開，聲音聽起來悅耳，語意也不錯。其實這名字我並不討厭，但這也是沒辦法的事。既然雪都融了，梅花自然也得凋落。回想起來，其實梅和雪我都還未曾親眼見過呢。也就是說，無論梅或雪，之於我，其實打從一開始就是虛幻的存在。

九月十三日（一）陰

新學期第一天。大四必修科目本來就少，今天就只有兩堂因興趣而修的「詩經」選修。下午沒事可做，百無聊賴之中回頭翻了翻自己寫的日記，這才發現五月二十六日晚上發生的事，日記裡都沒寫到。

從那之後又過了四個月，很多具體對話和細節都已模糊。那天晚上，就跟每個普通的星期三一樣，我到綜合大樓參加了社課，社課結束時已經九點半，照例大家揪了團要去吃消夜。正當我也想跟團時，小竹叫住了我。我有話想跟妳說，妳能陪我散散步嗎？她是這麼說的。

五月的夜晚還不悶熱，迎著徐徐涼風在校園裡散步相當舒服。在將近滿月的朦朧月光照耀下，我們走過小椰林道、桃花心木道，走向連接著後門的楓香道。

「我不知道我該不該這樣說，但我還是想說……如果妳願意的話，可以試著多依靠我一點。」

快走到總圖後草地時，小竹如此說道。

一股不祥的預感湧上心頭，但我仍我裝出不明所以的表情問道：

「什麼意思？」

「我聽說了妳的事，妳以前的事。」小竹直直地望著我的臉，如此說道。我的預感命中了。

「妳從哪裡知道的？」我努力穩住情緒，但仍感到自己聲音略微顫抖著。

「這……」小竹似乎有些逡巡著該不該說，但過了一會兒才總算下定決心似地：「我想，社團裡大家幾乎都知道了，我自己也是在某次聚餐時偶然聽說的。最初消息是從哪裡傳開的，我也不曉得……」

見我沉默不語，小竹慌忙補充道：「但我覺得大家都沒有惡意，也沒有拿這開玩笑的意思，只是為了小心不要傷害到妳——」

之後小竹又說了些什麼，我也記不清了，在一片混亂的腦海裡清楚浮現的，是大一時某天忽然跑來找我的，那個滿是雀斑的同學的臉。那種自以為是的同情心，正是我最害怕的事物。我並不覺得小竹跟那個同學一樣，也不想如此認為，但難道我真的這麼了解小竹這個人，了解到足以斷言嗎？

「謝謝妳。請讓我，一個人靜一靜。」

語畢，我轉身踏上歸途，一路上仍感覺到小竹的視線在我背上灼燒。

到底為什麼還是被知道了？是誰散布的消息？系上同學？以前的室友？高中同學？雖然我明白那可能性多到連試著去思考都相當愚蠢，卻仍無法不去想它。

從那之後我上的每一堂課，都會懷疑坐在身邊的我不認識的同學是否也知曉我的過去；走在校園裡總是感覺大家都用輕蔑的眼光在斜眼望著我；我無法不去想像，想像在我所無法見聞之處，人們總拿著我的「災難」當作話題、談資、下酒菜，在觥籌交錯之間談論著，並不時爆出一陣哄堂大笑。

若繼續待在這裡，我肯定會一直遭到這些幻想的折磨。就算沒有人真的拿惡意的刀鋒揮向我，我也將無法祛除這些想像中的場景。或許我所害怕的並不是他人的惡意，而是「災難」為人所知這件事本身。就像一件潔白的衣服沾染了醬油的污漬，污漬愈是擴散就愈難以洗掉，「災難」愈多人知道，我便愈加難以在記憶裡否定它發生過的事實。我發現，我是如此想否定「災難」的存在本身，什麼和解，什麼共存，都不過是紙上空談。

13

讀到這裡她放下了日記，思考著，從那個陰暗的九月十三日之後又過了六年，如今自己是否已經能與她曾那般掙扎著想拒絕的「災難」達成和解？雖然結局悲慘，但至少她已努力過，對小薰坦白了「災難」始末。如此曝露自己的傷痕，那想必是第一次，也是最後一次吧。若說那正是某種對「和解」的嘗試，以結果而論，她完完全全地失敗了。

所幸從五月的遊行以來，她便沒再偶遇過小薰。她與小薰本就是浩瀚網海裡偶然相識的兩人，彼此回歸到自己的世界，緣分的絲線說斷即斷。

「我要結婚了。」

轉眼又一個冬季，寒風颳起的時節，繪梨香如此告訴了她。

與她和小薰不同，繪梨香和岡部的緣並未斷去，反而隨著日子流逝更加穩固。繪梨香訪問岡部老家相當順利後，盂蘭盆節連假便輪到岡部前往北海道訪問繪梨香的老家，這邊也頗為順利，於是兩人便在十月訂婚，十一月兩個家族齊聚一堂吃了飯，婚禮訂在明年三月，喜宴她也在受邀之列。

望著眼前的喜帖，她陷入了迷惘。一切都如夢似幻，就連那張調查出席意願的雪白明信片，也彷彿飄著淡淡的幸福香氣。繪梨香將裝著喜帖和明信片的信封交給她時，臉上的笑容也滿溢著幸福。這樣一個充斥著純粹幸福的場合，她真的應該出席嗎？

突然手機響了起來，打斷了她的思緒。她拿起手機接通。

「喂？小惠嗎？」

小書的聲音從手機裡傳來，嗓音沒了平時的爽朗從容，聽起來甚至有點焦急。

「妳現在方便過來一趟嗎？」

她向牆上掛著的鐘瞥了一眼，時針剛繞過晚上十點。

距離小書住處最近的車站是荻窪站，這離她的住處搭車只需三十來分鐘，但小書住處離車站還得走上十五分鐘。她與小書在車站外會合，小書顯然在害怕著什麼似地，不斷東張西望著。

「她應該沒跟到這裡來吧。」

她望著夜晚十一點過後稀疏無人的車站，如此說道。言談裡提到的「她」指的是小書來日本之前曾在台灣交往的前女友。據小書在電話裡所說，那前女友透過社群網站得知小書和亞紀在交往後，竟然跑來日本跟蹤小書。由於小書本就粗枝大葉，對於個人隱私也不太在意，到處打卡的結果是傳了許多位置資訊到社群網站上，因此前女友立刻就掌握了小書住處和學校的地址。小書多次聯絡前女友談判，要求她停止跟蹤行為，卻都不見效果。

「幸好亞紀個性對於隱私相當小心，才沒被查出地址。」

小書如此說道，臉上爬滿了憔悴，可見這些天來被跟蹤造成了她多大的精神壓力。但事發之後小書仍不願借助他人之力，沒對任何人提起前女友跟蹤的事。

「畢竟是我自己不顧她的情感，為了自己的人生單方面決定離開她來日本的，所以我覺得事情不能全都怪她，我有責任自己解決。」

然而前女友的跟蹤行為不斷升級，到了一個極端的地步。三天前，十二月一日是小書的生日，小書與亞紀兩人前往靜岡縣旅行了四天三夜，兼作慶生。旅行結束回到東京之後，小書打開家裡郵筒，發現裡面塞著一張染血的信、一束剪下的頭髮，以及一截切斷的小指。信上寫著「祝你生日快樂，這是我的禮物。」看得小書倉皇失色，回到房間便趕緊給她打了電話找了她來。

她與小書兩人在陰暗複雜的小巷裡東折西轉了好幾次，才總算抵達了小書住處。小書房間位於屋齡三十五年的老公寓三樓，面積不過二十平方公尺左右。寢室是六張榻榻米大的和室，浴室也不是整體成型的一體化浴室，而是舊式浴室，地板鋪著磁磚，浴缸是不鏽鋼製的。當然，公寓既沒有自動鎖，也沒有電梯，只要高興，任誰都輕易上得了三樓。

「這房間可真是一點都沒有保全概念。」她誠實地說出了她的感想。

「沒辦法，為了節省房租……」小書有些害羞地說道。

「那至少也把窗戶關起來吧。」她一邊說，一邊把大大敞開著的窗戶關上，並上了鎖，然後加了一句：「麻煩妳搞清楚自己現在的處境好嗎？」

進到小書房間後，她等著小書拿坐墊給她，但小書自己也不用坐墊，直接在榻榻米上雙臂抱膝坐了下來，於是她也學小書在榻榻米上坐了下來。

「所以妳真的要報警嗎？把自己的前女友交給警察處理？」她問道。

這也是小書找她來的原因。畢竟事情有些複雜，憑小書的日語能力怕是沒辦法向警察清楚說明。再者，跟蹤狂是同性這件事，或許從根本上就超越了警察所能理解的常識範疇，若是傳達資訊時出了差錯，難保不被當成是說謊或是惡作劇而不被受理。

「也不是報警，只是想和警察商量一下該怎麼辦才好……」

果然小書還在猶疑不定。她在內心嘆了一口氣。前女友都飄洋過海追來日本了，可見其執著非比尋常；何況她竟還切下自己的一截小指當作禮物丟到信箱裡，這種行為明顯已經對小書的人身安全造成了危害。

她不是不能理解小書前女友的心情。滿腔的愛欲突然失去了出口，只得在內心空虛地不斷積累，宛如流不進海洋的河川，日復一日堆積著淤泥汙土。如此愛欲終有一日會轉化為破壞的利刃，敵我不分地狂切亂砍。她也曾經歷過這樣的狀態，因此她心知肚明，失去方向的愛欲激流將會導向何種毀滅結局。她也透過自身經歷沉痛地明白，要想迴避那種結局，便必須披起冷酷的鎧甲，斬斷舊有的情念。然而小書即使對象已是前女友，想必仍無法做到冷酷無情，或許這也正是小書的魅力之一。

「不管怎樣，都得和警察聯絡吧？」

她一邊環顧小書房間，一邊如此問道。這是她第一次來到小書房間，房間裡只有一個小小的衣櫥、一個三層櫃裡面擺著幾本日語教科書和找工作的參考書，以及鋪在地上睡覺的棉被，除此之外幾乎空無一物。「妳有前女友的照片嗎？」

「手機裡有。」

小書掏出智慧型手機說道。

「那我們這就去警局吧，把情形說明一下，警察至少應該會願意加強一下巡邏措施吧。」

她一邊說著，一邊站起了身。

從小書家到最靠近的派出所要走上十五分鐘，深夜冷得近乎要結凍的空氣使得兩人不覺縮起了肩膀。一路上小書邊走還不忘邊環顧四周。這樣緊張兮兮的小書可真少見。她一邊如此想著，一邊也維持著警戒心，片刻不敢鬆懈。

派出所裡有兩名男性警員，看起來大概三十後半。她先是大略說明了事情的來龍去脈，然後便讓小書回答警察的提問，由她介中口譯。聽到是跟蹤案件，兩位警察一開始還興趣缺缺不大想聽，但當她出示被丟在郵筒裡的信、頭髮和小指後，警察便立刻認真了起來，建議小書填寫受害報告單。小書起初還有些抗拒不太願意填寫，等警察說明填寫受害報告單並不等於控告，也不會立刻就讓對方受到處罰之後，才總算下定了決心。單子的內容由小書以中文口述，並由她翻譯成日文代為填寫。

一個禮拜後某天傍晚，小書來電說她現在正與前女友一起在派出所，問她能否立刻過來一趟。掛斷電話後她趕緊停下手邊的工作，前往荻窪。

派出所裡，上回的兩個警察以及小書都在，另外還有一個女孩，看來似乎便是小書前女友了。那女孩看來約二十後半，上半身穿著紫色羽絨衣，下半身是藍色牛仔褲，一頭及腰的長髮看起來沒什麼光澤，髮絲因乾燥而到處亂翹，但除了雙眼下方濃重的黑眼圈之外，女孩眉目還頗端正，若是保持清潔甚至還算得上漂亮。四人都坐在金屬折疊椅上默不作聲，警察面對著電腦螢幕不斷敲打著鍵盤，小書低頭滑著手機。女孩則是視線前後顧盼、到處游移，前一刻還偷偷瞄著正死盯著螢幕的警察後背，下一個瞬間便已望向了小書，一會兒斜眼瞥向桌上（桌上放著一本台灣的深綠色護照），一會兒又低頭望向自己的雙手（左手小指纏繞著層層白色繃帶）。也因此，最先注意到她走進派出所的不是別人，正是那個女孩。

「兩位辛苦了。」

她刻意忽視女孩灌注在自己身上的充滿驚愕的視線，彬彬有禮地向兩位警察打了招呼，然後才轉頭向小書搭話：「久等啦。」

小書說，她今天從學校回到家時，發現前女友在她家附近張望徘徊，於是便趕緊給派出所打了電話。由於小書之前已交出受害報告單，因此即使小書日語能力仍不夠到位，但光憑「女友」「跟蹤狂」等隻字片語，警察便已掌握了事態，迅速趕到現場。然而在作筆錄時，面對日語一竅不通的女孩，警察也沒了轍，因此小書才打了電話向她求救。

筆錄在她的口譯之下順利進行。女孩名叫陳翊萱，與小書曾交往三年之久。

翊萱本就反對小書前來日本，在小書啟程經過一年之後，仍固執地相信小書遲早會放棄日本夢，回到自己身邊；因此當她得知小書結交了新女友時，受到了相當劇烈的衝擊。

「賴以生存的支柱在一瞬間分崩離析，我幾乎不知道自己該靠什麼活下去，眼前一片漆黑。等我終於回復思考能力之後，首先跳進腦海的，便是這樣一個念想、一種聲音：還來得及，世界的崩壞還來得及阻止，只有我能阻止，我必須阻止。」翊萱低著頭，喃喃自語般地說道。「書柔與新女友的那張合照，把我早已失去書柔的鐵一般的事實，以一種最鮮明而無可辯駁的、既定事實的形態，嘩地瞬間壓到我眼前。為了不讓那幾乎與世界的崩毀等義的事實壓垮，我毫無選擇必須拚命抵抗。」

翊萱所謂的「抵抗」，便是來到日本，向小書展示自己的愛情。然而一轉眼三個月的免簽時期將屆，翊萱一個焦急，才會在衝動之下切下自己的小指，在小書生日當天對她血諫。

翊萱的話語裡充斥著大量抽象詞彙與明喻暗喻，口譯起來相當累人，但她在重述翊萱話語的過程中，不知不覺將眼前正哀切訴說著被拋棄的痛楚的翊萱，與剛和小雪分手時的過往的自己重疊，幾度幾乎要同情起翊萱。

翊萱講到一個段落，小書插進了話。

「很抱歉傷害了妳，但或許對妳來說，維持世界的做法便是試圖阻止崩壞，但對我而言，徹底打碎世界之後再重新建構，這才是我維持世界的唯一手段。在台北度過的那些日子，不知不覺間將我這個人從內部不斷地、一點一點地啃蝕。就像鐵生鏽一樣，妳無法察覺鐵生鏽的過程，也不會特別去在意，但當注意到時，鐵鏽的範圍已經擴大到無可挽回的地步，那是一種不可逆的反應。不是妳不好，是我們對生命的指向不同。」

她從未見過如此認真的小書，因此面帶稀罕地盯著她瞧。小書像是注意到了她的視線，也回望向她，然後才突然想起什麼似地，語帶靦腆地補充道：「呃，剛才這段就不用翻譯了。」

聽完小書的話，翊萱死瞪著小書瞧了好一會，然後才問道：

「妳真的，不回台灣了嗎？」

「誰知道呢，可能找不到工作就回去了，就算找到了工作也未必就會一輩子待在日本。」小書語調鏗鏘地說：「但不管如何，過去的都已過去，沒有回頭的餘地，未來的事誰也不曉得。而我想活在當下。對現在的我而言最重要的，是生活在日本的這個事實，以及陪伴在我身邊的女友。希望妳能了解。」

翊萱聽完後，像是終於放棄，接受了眼前的事情般低下了頭。一旁兩位警察不諳中文，卻也看出兩人正在進行複雜的溝通，因而只是靜靜地等待著。

其後翊萱受到了警察的口頭警告，並簽署了約定不再進行跟蹤行為的切結書後，筆錄便告一段落。她與小書先一步離開派出所。

「趙迎梅。」

正要離去時，她忽然聽到背後傳來翊萱的叫喚聲，反射性地回過了頭。

翊萱一動也不動地坐在折疊椅上，雙眼直直地凝望著她，那眼睛像深不見底的湖面，靜靜閃著冰冷的昏暗光芒。她不自覺感到渾身一陣顫慄。

兩位警察聽不懂中文自是不用說，就連小書也是丈二金剛摸不著頭腦。

「誰？」

小書充滿疑惑地望向她。

她腦中驀地浮現自己剛抵達派出所時，翊萱那充滿驚愕的眼神。

歸途，她忍不住問小書：「妳以前好像跟我說過，翊萱跟妳一樣，是東吳大學畢業的？」

「對呀，學年也一樣。」

小書一副事情圓滿解決的樣子，笑容恢復了原本的爽朗，腳步也輕盈了起來。

「這樣說起來，我和妳好像一樣大？所以妳跟翊萱也是同年囉？」

「那妳記得，翊萱她高中讀哪裡嗎？」

「記得啊，台中女中。我說我想看，她就穿那套綠色制服給我看過。」

一道白色閃光在她腦中劈過，緊接著就是一片空白。她感到胸口一緊，再說不出一句話來。但小書絲毫沒察覺她的變化，一邊走，還一邊對著寒冬的夜空吹起了口哨。

14

翊萱是認識她的。不是作為「趙紀惠」，而是「趙迎梅」。

這個事實使她坐立難安，像是心口梗著一塊大石，就連呼吸都覺得難受。

翊萱是否恨著她呢？好幾次她試著在腦中描摹翊萱那冰冷的眼神，企圖探尋隱藏其中的情感。而當她企圖為從幽深湖底撈上的，狀似情感的事物命名，除了「萬念俱灰」這個中文成語之外，她也想不到其它更適合的了。

無關乎潛藏在她心裡無影無形的不安，時間兀自流逝，隨著年尾接近，她也埋沒於自身日常生活的浪潮之中。度過年尾工作的繁忙期後，新年連假所帶來的解放感，幾乎要使她忘卻那隱約的不安。

連假結束後的職場。踏入辦公室的瞬間，她便感到有股不同於常的氛圍。同事們對走進辦公室的她並沒特別留意，只是各自坐在座位上做著自己的事，有人面對電腦敲打著鍵盤，有人攤開報紙閱讀著；但她總覺得，大家也太不留意了，簡直像是刻意裝作沒注意到她走進辦公室了似的。

「大家早。」

她一如往常地向同事打招呼，同事們這才將視線轉向她，回了招呼。同事們打招呼時的方式、音量與神情，看起來都與平時沒什麼太大的不同，但她就是覺得好像有什麼細節不太一樣了。具體是什麼不一樣了她也說不上來，那種細節的變化彷彿空氣的氣味、陽光的入射角，或是浮游空中的微粒一般，難以察覺而又無以名狀，卻已足夠觸動她敏感的神經。她一邊壓抑著因不祥預感而加速的心跳，一邊在自己的座位上坐下，將工作用的筆記型電腦從抽屜取出，開機。

那天傍晚，她終於明白那股不同於常的氛圍來自何處。正當她做完工作準備下班時，從外頭回到辦公室的繪梨香叫住了她。她注意到，當繪梨香出聲叫她的那瞬間，岡部也抬起頭瞥了她一眼。

「怎麼了？」

兩人走進會議室，四周無人之後，她如此問道。

「我覺得我應該把這件事告訴妳……雖然妳可能已經知道了。」

繪梨香拿出智慧型手機，打開了一個 APP，拿到她眼前。「這東西是昨天收到的。」

她接過繪梨香的手機，定睛一看，那是世界最大規模的實名制社群網站的 APP，繪梨香拿給她看的，是接收私人訊息的畫面。

趙紀惠的真名是趙迎梅。
她是女同性戀，高中時有女朋友。
高中畢業後，她被強姦了。
她得過嚴重的抑鬱症，看精神科。
你不能被她菁英的外表所迷惑。

她彷彿聽到世界碎裂的聲音，像把冰塊放進沸水裡一樣，喀的一聲脆響。那五行日文顯然是機械翻譯出來的結果，文法拙劣，資訊卻偏偏傳達得一點不差。她感到自己被那機械性的文字奪去重心，身體不斷在虛空之中下墜，一陣耳鳴伴隨著暈眩襲來，難受得使她幾乎忘記呼吸的方法。

然而不可思議的是，不同於不斷墜落的自己，另一個理性的自己彷彿正從高處俯瞰著全局一般，冷靜地分析著眼前的狀況。那訊息來自一個完全沒有設定個人資訊的帳號，顯然是個免洗帳號，但從對方知道她高中時發生的事，以及不懂日文因而使用機械翻譯這兩點來看，這八成是翊萱做的好事。估計翊萱是在筆錄時得知她現在的名字，然後在社群網站上找到她的頁面的吧。找到她的頁面之後，接著只要用機械翻譯翻出那五行日文字，然後無差別地傳給每一個她在社群網站上，名字看起來是日本人的好友即可。

「岡部前輩也收到了嗎？」

她努力維持語調平坦，試圖裝出平靜的樣子，掩飾心底的動搖；然而即使如此，光是講出這一句話就幾乎使她的喉嚨徹底乾枯，再多發出任何一個音節，彷彿都會傷及聲帶。

「小武也收到了。」繪梨香滿臉憂心地回答道。自從兩人訂婚後，繪梨香在她面前也不再害臊，而直接以「小武」稱呼岡部前輩了。「當然我立刻就叫小武刪掉了，不過由佳好像也收到了。由佳昨天打電話來，問我有沒有收到奇怪的訊息。」

其他還有誰收到？她很想這樣問，但卻發不出聲音。恐怕她是猜中了，她在社群網站上的好友，只要是日本人，大概都收到了訊息。同部門的前輩、同時期進公司感情較好的同事，以及性少數圈的友人，大家肯定都知道了她的過去。

她想起今早那股不對勁的感覺，以及方才岡部瞥向她的視線。她知道大家並非以輕蔑的眼光在看她，只是因為得知了自己本來不該知道的資訊——儘管他們無法判斷真偽——，因而不再能夠自然地與她互動來往而已。

一股深藏於體內的恐懼猛地竄上心頭。對於被從容身之處再次放逐的恐懼，對於「災難」之事在她所無法見聞之處，作為下酒菜被恣意談論、妄下斷語的恐懼。恐懼如蟄伏於悠遠太古時代黑暗裡的猛獸，經過漫長歲月流逝後驀地再次睜開銳利的雙眼，磨著嘴裡的利牙，彷彿下一個瞬間就要朝她撲上來，將她撕咬成碎片。

「竟然造這種謠，真是太可惡了。」繪梨香像是受不了沉默一般，又開口繼續說道。「這應該能告他誹謗罪吧。」

繪梨香的話語使她感到一陣愕然。她該如何才能向繪梨香說明，那些充滿惡意的文字，其實並不包含一絲一毫的虛假情報？光是非虛非假的純粹事實，短短五行文字，就足以將她耗費數年好不容易建構起來的世界，再次逼入瀕臨崩潰的險境。她的人生就是註定如此易碎，就算誹謗罪真成立了，那又如何？

「謝謝妳告訴我……祝妳幸福。」

她沙啞著嗓音對繪梨香道了謝，便走出了會議室。嗓音裡顯露的蒼涼與絕望的況味，使她不禁又渾身一陣震顫。

其後一個禮拜，她把自己徹底關在家中。

前三天還請了特休，但過了三天之後憂鬱的霧靄仍未散去，她便乾脆蹺了班不去公司。就連陽光都令她感到煩躁，她不分晝夜將窗簾緊緊拉上，彷彿只要蜷縮於伸手不見五指的房間之中，就能輕巧地於黑暗之中融化消失。

期間打來了十幾通電話，她一通也沒接。社群網站上也有幾個好友傳來了訊息關注。「如果妳要提訴的話可以找我商量」，在性少數圈認識的律師朋友這樣寫道。「我查了她的IP，追蹤到她傳訊時的地點了」，讀資工的朋友這樣寫道。也有的只是想湊熱鬧，問了句「這是真的假的？」

傳訊來的不只有日本人，也有台灣人。那道訊息似乎並不只是傳給日本人而已。她將所有來訊讀了一遍，卻沒有力氣回信，乾脆全部放置，已讀不回。不知不覺二十八歲的生日也過去了。

整整三天，她除了重複著昏睡與醒覺之外，沒有絲毫從事任何生命活動的餘力，彷彿被拔去了所有傳遞情感的神經般，喜悅或者哀傷都到達不了靈魂的中樞，連流淚的力氣也沒有了。

第四天，她終於恢復理性思考的能力。理性對她低語道。

——不管那傷痕曾經刻得多深，畢竟都過了十年了，那麼古老的舊傷被人知道，難道真的那麼值得恐懼嗎？

有些傷痛，是不管經過多久都無法癒合的。

——就算人們知道了妳的過去，大家也都沒有惡意，何必如此憂慮？

這就像是世界脫離了軌道一般，就算勉強再把世界推上軌道，那也已不是原來的世界了。

——妳這不是和大學時代一樣，什麼都沒變嗎？

對，什麼都沒變。就算我改了名字，渡過大海，說著另一種語言，我還是我。而只要我還是我，只要這個事實仍然存在，我就註定被世界所疏離。身為自己，這就是我生命苦難的根源。

——……

不可思議地，她對翊萱絲毫沒有憎惡或憤怒之類的情緒。她甚至開始同理起翊萱。翊萱為了強迫自己接受喪失的事實，因而必須尋找新的憎惡對象，作為負面情感宣洩的出口。翊萱那來自於絕望的狂亂，是她所可以理解的。

第五天，一幅風景在她腦海裡浮現。暴風雪呼嘯肆虐的夜晚，一望無際的雪原裡，一個孤身女子徬徨無依，四處遊蕩徘徊，臉上滿是霜雪。與此同時，她注意到了從好久以前就存在於她腦內邊陲的一個想法：這件事的發生乃是命裡註定，不過遲早的問題。就算翊萱沒出現在她的生命裡，一定也會有其他人，在其它的時間點出現，因著不同的動機，利用不同的方式將她的過去暴露於人前。沒有任何一齣逃避的劇碼是能永久持續的，是劇，遲早便得劇終。

一思及此，囤積心裡的悲哀甚至轉變成了一種滑稽感，好像她活著，就只是為了等待一切的結束，等待劇終一樣。就算沒有人暴露她的過去，她生命的腳本裡也一定還有什麼在等待著她。事故、疾病、天災，這類她絲毫無法以己身之力互相抗衡的巨大事物，總會在前方虎視眈眈地凝望著她——她發現，這個在她腦中閃過的念頭，遙遙呼應了好久好久以前就在她心裡扎了根的，自己註定長命不了的預感。而眼前，事情確實發生了，所以她也該啟程了。這才是她生命裡，唯一的必然。

對她而言，死亡乃是對生命的逃避，但逃避又何妨。所謂出生，乃是無關乎自身意志，遭人強加以「生」之事實。若人類註定無法對抗生之荒謬，那麼最起碼選擇從生命逃避的權利，總該是天賦的。

第七天，她終於決心一死。這決心並非來自絕望的衝動，而是來自諦觀與理性的選擇。二十八歲，已經比邱妙津多活了兩歲，這也夠了。種種不安的陰影漸漸從她心裡消失，那些不斷折磨著她的恐懼也早已消散。藤村操寫過「既已立於巖頭，胸中了無不安」，指的便是這種心境吧。她心想。

「不過既然都要死，難道妳不想在死前盛開一回嗎？就像刺鳥那樣。」

突然一道嗓音敲響了她的耳膜。這是小雪曾對他說過的話語。

她回溯著記憶的藤蔓，尋索著「災難」以前，兩人之間交換的諸多耳語。

「我們一起活到七十歲，然後再找一個世界上視野最開闊的懸崖往下跳，一起告別這世界。」

過往誓約的話語對現在的她而言太過耀眼，光是想起心裡便一陣疼痛。然與此同時，她卻也感到某種默示錄般的意味。或許她人生的終點，早在那輝煌的黃金時代，就已有過了暗示。

世界上視野最開闊的懸崖。她上網，開始尋找懸崖的資訊。小雪說這句話時，純粹只是作為戀人之間陳腐的絮語吧，但她決心付諸實踐。要視野開闊、景色優美，且不能有柵欄圍繞，必須輕易便能躍下才可。海邊的懸崖也不行，懸崖下方最好是堅硬的地盤，才能保證讓自己在墜地的瞬間死去。

突然，一張照片吸引了她的目光。澳洲的林肯巖（Lincoln's Rock）。灰白色的斷崖絕壁與地面垂直，懸崖頂沒有一塊柵欄，甚至還有一片突出的岩塊，狀似跳水用的跳水台。那張照片裡的觀光客就坐在跳水台上，面對相機開朗地笑著，其上的碧藍天空澄澈萬里，只飄著幾朵絲狀的白雲，其下則是一望無際的蓊鬱森林，藍天與綠林於遙遠的地平線交匯。再查下去，懸崖正下方的照片也有了，地面看來堅硬無比。南半球現在正值盛夏，若能沐浴著溫煦陽光，在白雲、蒼穹與綠樹的環繞之下死去，還有什麼地方能比此處，更適合作為人生的終站？

林肯巖屬藍山國家公園的一部分，位於雪梨西北西方向約一百公里處，最靠近的機場是雪梨國際機場。她順道查了查雪梨的資訊，發現三月上旬雪梨會舉辦世界最大規模的同志遊行。

在參加世界最大規模的同志遊行後於隔天死去，是否也算是一種「盛開」呢？她心想。既然都已決意一死，便反而無須焦急，在投入死亡懷抱之前的短暫時間，她可以過得比人生任何一段時光都還要從容。一思及此，她便感到心湖如明鏡止水，澄澈了起來。

15

就在她決意死去的隔日，約莫早上十點左右，有人來按了她的門鈴。對講機裡映出的是公司的主管以及另一位同事。她推測，想必是因為她蹺班又音訊不通，他們擔心她的情況才跑來查看的。事到如今她也沒必要再見他們了，便裝作自己不在家，沒去應門。

確認來訪者離開之後，她便開始著手準備旅行事宜。她決心在三月之前，以一個半月的時間，進行一趟與世界作別的最終旅程。她動手寫下想在死前親眼一見的風景，作了一張列表，開始了旅途的計畫。

她對冷靜地計畫著旅途的自己，感到些許不可思議，彷彿此前在她內裡互相對立的理性與狂亂，在她決意一死的瞬間便融合為一。從前，理性不斷企圖阻止她因敗給一時的衝動而跨過生死的界線，但現在似乎就連理性也終於承認了絕望的深度，開始幫助她不斷往死的那端傾斜。

機票、住宿與簽證都在一個禮拜內便備齊了，其間仍有朋友或同事打電話來，但她仍一概沒接，漸漸地電話也就不再響起了。

啟程前一天，她花上了一整天，繞著東京走了一圈。清晨出發，從新宿依序走過代代木、澀谷、品川、上野、高田馬場。她不斷地走著，宛如苦行僧一般。這是她自己選擇居住的都市，她甚至想過要在這裡度過有生之年。如今回首，她赫然發現這座都市各個角落裡潛藏著遠比她出生之地的台灣更為龐大的記憶。人類的記憶與都市的記憶交融為一，透過人類的認知獲得重現。她一邊行走，一邊咀嚼著這些記憶、這些眼前的風景，企圖將它們深深銘刻在腦海中。偶遇繪梨香的那個表參道的夜晚、染上彩虹色的代代木與澀谷的午後、開始在公司上班之後每天通勤必經的品川辦公區、與小薰初次見面的上野車站、研究所時代常常前去散步的神樂坂與早稻田的坡道……

再次回到新宿時，太陽早已西沉，新宿的繁華市街一如往常，在夜晚簾幕的映襯之下更顯光彩奪目，新宿二丁目灰暗雜亂的建築裡一間間酒吧夜店也一如平日，準備迎接顧客的到來。她忍受著雙腳的疼痛走進 Lilith，坐在吧檯前獨自默默地喝了一杯酒後，便走出了店門。

三十小時之後，她搭乘的飛機順利降落在舊金山國際機場。飛機是在下午出發的，但到達時卻是同一天的早晨，彷彿回溯了時光一般，使她感到些許不可思議。

她漫無目的地走在舊金山市街上，隨意地看著周遭的風景。跑華街站（Powell Street Station）附近的人流車流繁忙程度幾可媲美東京車站，走在其中便感到一陣緊張，腳步不由自主地快了起來，但愈靠近北面的碼頭，便愈感到一種屬於觀光景點的悠閒感。天朗氣清的午後，藍天裡飄著幾絲卷雲，岸邊的柵欄上排排站著幾隻黑尾鷗，人類一靠近便發出喵喵叫聲，振翅飛去。浮動碼頭上趴著數十隻海獅，悠閒地做著日光浴，她一面著迷地望著牠們，一面不可思議地心想，為何世上能有這般彷彿不知憂患為何物的生物存在，看著看著不知不覺便經過了幾個小時。

舊金山市內由許多陡坡構成，光是搭個公車都相當消耗體力，但那也不過兩天便習慣了。第四天突然下起了雨，她仍不以為意，起身前往金門大橋。下了公車她才發現自己忘了帶傘，便乾脆淋著雨，站在海岸邊遠眺大橋，過不到十分鐘全身便濕透了，她也不甚介意。朱紅色的鐵橋包圍在水氣之中，看來一片迷濛，橋的彼端則完全被霧氣覆蓋，什麼也看不到。

「哇！我都覺得自己夠瘋狂了，想不到有人跟我一樣瘋！」

不知何時身旁站了一個金髮的白人女性，用英語向她搭話。那位女性也已渾身濕透。

「人活著，總會有發了瘋想要到海岸邊淋個濕透的時候。」

她也以英語如此答道。聽了她的回答，白人女性噗哧一笑。

「妳真有趣，是觀光客嗎？像妳這樣的觀光客可還真不多見，從哪來的？」

從哪來的？她猶豫著不知該答日本還是台灣，但想到對方可能沒聽過台灣，便回答從日本來的。

「噢！我也會說一點日語喔。」

白人女性如此說道後，便切換成了日語。「初次見面，我的名字是 Caroline，請多多指教。」講出「Caroline」這名字時沒以日語音節發音，而偏向英語的發音。

「我是 Norie，請多多指教。」

她也用日語回了禮，然後再切成英語問道：「為什麼妳會說日語呢？」

「我女友是日本人啊，就向她學了一點。」Caroline 回答。「她在日本城的日本料理店打工，在家裡也常做日本料理給我吃，親子丼啦、飯糰什麼的。」

但比起親子丼和飯糰，這段話裡有件事讓她更為在意。「妳是女同志嗎？」她努力不讓自己露出驚訝的表情，如此問道。她沒在句尾加上代表「自己也是」的「too」。

「Bingo!」Caroline 笑著回答。

「妳平時就都公開出櫃嗎？」

「要看人，如果對方是基督徒我就得小心考慮要不要出櫃。不過反正現在都無所謂了。而且，」Caroline 指著她戴在手腕上的彩虹手鐲，那是她在卡斯楚區（The Castro）購買的彩虹商品。「妳也是，對吧？」

有一瞬間她還猶豫著是該點頭還是該搖頭，然而在她作出決定之前，話語便已衝口而出。「對呀，女同志，而且還被男人強暴過。」語畢她打了一陣寒顫，驚訝於自己竟說得出這種彷彿在誇示自身苦難般的，自暴自棄的台詞。與此同時，她也感到一陣將自身最為可憎的秘事公開暴露於光天化日之下的，一種近似於暴露狂般的快感。或許這是因為自己現在正置身於毫無因緣的土地上，才會進入這種狀態吧。她心想。

「真可憐。」Caroline 凝視著她的臉頰，如此說道。「所以眼神才這樣充滿著悲哀。若將妳心中的風景比喻成天氣，大概就像今天這樣子吧。」

「所以妳才向我搭話的嗎？」

「算是吧，總覺得，妳有點像我。」

Caroline 轉身背向橋的方向，身體靠在沿岸的欄杆上，開始娓娓道來。

「我十六歲時便被親生父親所侵犯，母親得知後極為憤怒，把我趕出家門後便和父親離婚。我離開自己出生的德州，進了加州的大學，雖然學費獲得全額減免，但為了賺取生活費，我仍必須在ＩＴ企業打工，好幾次因過勞而昏倒。有一段時間甚至因為付不出房租而在路上過著遊民生活。」

面對突然談起自身經歷的 Caroline，她有些不知所措，不知該作何反應，但旋即便被 Caroline 的故事吸引，聽得入神了。她注意到 Caroline 的眼瞳呈現一種美麗的青藍，像細心精研的藍寶石。Caroline 並沒看她，只是低著頭，喃喃自語般地繼續講述著。

「畢業後我靠著程式設計的技術在矽谷找到工作，終於獲得了安定的生活。二十六歲那年，我交了女友。她是從日本來美國留學的留學生，我們在一起，過得好幸福。但她去年從大學畢業，回日本去了。我也曾問過她，要不要和我結婚，拿到綠卡後兩人一起在舊金山生活？但她沒辦法向家人出櫃，我的事她也沒對家人說。

「前天她聯絡我了，說要和父母指定的男人結婚。我簡直懷疑自己聽錯了。我好想乾脆大聲罵她：妳這個騙子！但我沒辦法，我必須假裝冷靜，假裝成熟地祝福她：希望妳能幸福。畢竟，一個三十歲的女人，對小自己八歲的女友失去理智破口大罵，也太不像話了對吧。」

Caroline 說到這裡便停了下來。於是她開口問道：

「原來如此，所以妳剛才說，女友是日本人，在日本城的日本料理店打工，在家裡常做日本料理給妳吃，但實際上是，妳前女友，曾在日本城的日本料理店打工，以前在家裡常做日本料理給妳吃，全部都是過去式，對吧？」

「誰知道呢，我也不清楚啊，畢竟她只說要結婚，卻壓根兒沒說想和我分手。很狡猾對吧？明明自己要離開了，卻還不肯放過我。」

Caroline 抬頭仰望著仍下雨下個不停的天空，彷彿事不關己似地，以平淡的口吻繼續說道：「其實我就是在這裡認識她的，那天也是像今天這樣的天氣。那時她正為語言障礙和思鄉病所苦，一個人在這裡淋著雨看著那座橋。剛才我會向妳搭話，或許也是因為妳讓我想起了那天的她，也說不定。」

彷彿宣示著話說到了一個段落似地，Caroline 離開了柵欄，重又轉身面向她。「我說累了，妳要不要來我家作客？雖不是什麼豪宅，總比這裡要好些。」

Caroline 住在位於外日落區（Outer Sunset District）的一棟水藍色外觀的屋子裡，屋子有兩層樓，一樓是車庫與倉庫，二樓有兩間約二十平方公尺的房間，另有浴室和廚房。廚房也兼餐廳，餐具櫃上擺著許多看起來像是大創買來的餐具。兩間房間的其中一間已沒有人生活的痕跡，衣櫃裡只掛著幾件T恤和牛仔褲，床上散落著幾本日文書，牆上貼著的日本偶像團體的海報也已幾近剝落。

她先洗了澡後，穿上 Caroline 遞給她的前女友的T恤和牛仔褲，坐在 Caroline 房間的床上出著神。窗外傾盆大雨的雨聲聽起來乾淨俐落，反而舒服，另一邊浴室也傳來淋浴的淋淋水聲，被這兩種水聲包夾其中，她恍恍惚惚失去了現實感，陷入一種錯覺，彷彿眼前所見的一切事物，包括床、窗戶、椅子、書桌，全都是某種不具實體的虛像。於是她再次深刻體認到，自己真的已經離開東京，踏上旅程了。

Caroline 以全裸的姿態出現在她面前時，她感到自己心裡的鎧甲被卸下了。但被卸下的不只是心裡的鎧甲，她身上穿的衣服也被 Caroline 靈巧的雙手脫下。兩人不約而同地在床上躺下。她發現自己一方面慌張地不知如何反應，另一方面卻也相當期待，這種情感連她自己都難以理解。她以為自己的身體會像以往一樣產生拒絕反應，卻意外地發現身體對 Caroline 相當順從。Caroline 濡濕的金髮低垂到她臉上，她感到就連那濕潤的觸感都滿溢著柔情。過程中她睜開眼，發現 Caroline 正用那雙憂鬱的青藍眼瞳注視著她，那雙眼睛喚醒了她遙遠的、充滿眷戀的記憶。

她再次閉上雙眼，任由自己的身體沉入柔軟的記憶之海中。那是比「災難」更加遙遠的甜美記憶。

「Norie，妳想尋死，對吧？」

結束後，Caroline 在她耳邊如此低語問道。

「妳也是，對吧？」

她一邊沉浸在酥麻的溫柔餘韻之中，一邊如此回問道。

「看來我們還滿像的。」Caroline 微笑著說道，「妳的終點是哪裡？」

「雪梨，林肯巖。」

「那為什麼跑到這裡來？」

「我在進行最後的旅程，類似一種，向世界道別的儀式。舊金山、紐約，然後是中國。」她回問道：「那妳呢？我還真想不到有什麼地方，配得上做妳那雙美麗藍色眼睛的墳墓。」

「紐約，石牆酒吧附近。那地方對住在這個國家的我們而言，正是鬥爭的起點。」

「把起點選為終點，簡直像佛教的輪迴。」她凝望著 Caroline。「說不定妳上輩子是亞洲人。」

「說不定呢。」Caroline 微笑著如此說道，笑容裡蘊含著明顯的悲傷。「那這輩子身為亞洲人的妳，願不願意送我一程呢？反正妳也要去紐約嘛。自己一個人靜靜離去，還是滿寂寞的。」

「什麼時候？」

「下禮拜的今天，晚上十一點半。」

「可以，但妳先回答我一個問題。」她突然想使個壞，捉弄一下 Caroline，便露出了不懷好意的笑容。「剛才，妳真的是在和我做愛嗎？」

這問題似乎出乎了 Caroline 的意料之外，Caroline 露出了動搖的神情，但只一瞬，便回復了如常的平靜，靜靜地望著她，微笑了起來。

「當然不是。」她感覺 Caroline 的微笑裡有著一種洞悉一切、無論發生什麼事都不會心慌的從容。她認出，那種從容來自極致的悲哀所衍生出的達觀。「妳不也跟我一樣嗎？」

帝國大廈觀景台有室內與室外之分，走到室外便可直接俯瞰曼哈頓的景色，不用隔著玻璃牆，但八十六樓的高度使得嚴冬的寒風比起平地更加凜冽刺骨，不過三分鐘便凍僵了手腳，連手指都無法自在彎曲了。儘管如此她仍抵擋不住黃昏時分天空與都市風景的誘惑，幾次室內室外進進出出。無限接近黑色的紫靛色天空，愈往西便愈染成一種帶著透明感的緋紅，那景色使人聯想起裝在玻璃瓶裡的果凍蠟燭。城市東側的天空已然完全沉浸於黑暗之中，都會的光芒燦亮輝煌，看上去宛如一條光河；但真正的河川，東河（East River），此時卻展現出一種最為純粹的黑，將皇后區與布魯克林區自曼哈頓的熠耀光輝割離了開來。

大都市的夜景，其實到哪裡都大同小異。她心想。從一定的高度俯瞰人間，人類所有的活動便都失去了獨特性，看來沒什麼兩樣。若撇開如東京鐵塔或克萊斯勒大廈這類地標建築不談，眼前的紐約夜景和東京的夜景究竟有何不同，她也說不上來。既然如此，為何她仍會從夜景裡感覺到美，並醉心於這種美？

她想起了 Caroline。今天便是約定的日子。在這樣一座大都市裡，區區一個人的死亡想必造成不了什麼漣漪。肯定不會有人，對 Caroline 擁有著什麼樣的過往、是以什麼樣的心緒投向死亡懷抱的這些事感興趣。她也一樣，不過是偶然交錯了Caroline的人生罷了，就算她們都碰巧在彼此身上看到心懷眷戀的昔日幻影，也不代表她們就分享了彼此的傷痛。她有她的路要走，送走了Caroline之後，她必須一個人獨自繼續走下去。

下了觀景台後，她便啟程前往石牆酒吧。到達時，時間剛過十點。

或許是因為看慣了新宿二丁目的狹窄店面，她覺得石牆酒吧內部比想像中寬廣，至少她在新宿二丁目還沒見過有空間擺撞球檯的店。店內顧客幾乎都是男性，她在吧檯前坐下，調酒師便以爽朗的嗓音向她打了招呼。她從酒單裡隨意選了一款她能喝的雞尾酒。坐在她身旁看起來年約三十幾歲的白人男性禮貌性地向她搭了話，但不久便對她失去興趣，繼續與其他客人聊起天來。

Caroline為自己準備了何種死法呢？她一邊啜飲著酸甜的雞尾酒，一邊漫不經心地思考著。Caroline應該不會選擇太引人注目的死法，說要在石牆酒吧附近，大概也是指附近的哪條小巷吧。在這種大都市裡若沒門路，要跳樓自殺不太容易，所以可能是服毒？或者是用槍？刀？不管怎樣，Caroline都主動要求她送她一程了，想必也不會選擇太難看的死法吧。

她漫不經心地想著想著，不知不覺時間已過了十一點半，又過了十二點，Caroline 卻還總不現身。過了十二點店裡愈發熱鬧起來，彷彿宣示著夜晚才正要開始，那氛圍與死亡八竿子打不著。她沒帶手機，因此也沒法跟 Caroline 聯絡。

時鐘短針繞過一點後，她終於放棄等待，離開酒吧搭了地鐵回到皇后區的飯店。Caroline 是放棄自殺了？改變地點了？又或者是弄錯時間了？Caroline 沒來赴約的理由，可能性能有上千上百種，多想也是無益。再說了，這可不是一般的約會，Caroline 提出的，可是「希望她在一個禮拜後的夜晚，在四千公里之外的都市，見證自己的死亡」這種逸脫常識範疇的要求，被放鴿子也是沒辦法的事。

洗過澡後，她坐在飯店床上心不在焉地看著電視，突然一則新聞吸引了她的注意力。晚上十點半左右，賓夕法尼亞車站附近發生大規模車輛追撞事故，其中一輛被追撞的車翻倒到人行道上，壓死了兩個行人。

死者的其中一人，正是 Caroline。

她雙眼直直盯著電視，發起楞來。半晌，一股說不出來的滑稽感湧上心頭。

就算死亡的結果相同，在哀傷走到了盡頭後由自己的意志所選擇的死亡，跟偶然被捲進車禍所導致的死亡，在她看來意義大不相同。然而諷刺的是，前者所蘊含的意義，卻是如此輕易地便被後者所併吞消滅。到頭來 Caroline 的死亡，成了與她自身的經驗與意志毫無關係的結果。或許這正是 Caroline 的人生中最大的悲劇，也說不定。

深夜三點，不夜城紐約的某間飯店房間裡，她雙臂抱膝，呆愣地坐在潔白的床上，如此胡思亂想著。

16

二月上旬，西安咸陽機場狹窄而略顯骯髒的入境大廳，充滿了雜沓與喧囂。

搭上搖搖晃晃的機場大巴，一個小時後，西安古城區灰撲撲的城牆便映入了眼簾。夜晚，她在古城區中心的鐘樓附近仰望天空，發現天上掛著一輪明晃的滿月，這才想起農曆新年已過，已到了元宵時節。日本住久了，農曆是幾月幾日便都不太注意了。西安不愧為千年古都，盛大慶祝著這個具有千年歷史的節日。城牆南門，也就是永寧門一帶舉辦著燈會，大型花燈與小型燈籠紛紛溢彩流光，玉壺光轉，宛如夢幻。觀賞的群眾大排長龍，熱鬧非凡。

離開西安後她前往北京。北京正下著大雪，飛機因而誤點了兩個小時，但多虧了白雪，長年覆蓋北京上空的霧霾被一洗而淨，她因此得以見識到為白雪所妝點的紫禁城與大觀園，以及山舞銀蛇的長城。從長城下來時，雪下得愈發猛烈，她不耐天寒，正要走進路旁的肯德基取暖，突然發現刻著「北門鎖鑰」四字的城門之下有一女子兀立，獨自抬頭仰望著蒼涼的城樓。為銀白積雪所包圍的女子身穿紅色大衣，圍著藍色圍巾，撐著一把紫色的折疊傘，烏黑的長髮直直流下宛如濃墨的瀑布，其上附著點點白雪。被眼前這幅色彩鮮豔而又蘊含某種悲壯氣勢的風景所吸引，她無可自抑地向那女子搭了話。

「妳在這邊做什麼？」

女子轉頭望向她，她這才發現女子眼鼻輪廓鮮明的面頰上，流淌著一行清淚。

「我在等人。」女子以大陸口音的中文回答道。

「雪下這麼大，要等人到屋裡去等比較好吧？」她如此提議道。

女子不置可否，只是沉默地尾隨著她進到了肯德基。肯德基店門上貼著「今天雪大，四點結束營業」的告示。兩人分別點了薯條與洋蔥湯，選了一個靠著玻璃牆邊的座位坐下。

「妳說妳在等人，是在等誰？」

喝下湯暖了身子後，她如此問道。

女子只是搖了搖頭，回答道：

「大概是不會來了。我早知道了。」

女子是蒙古族人，名叫烏仁圖婭，在蒙語裡是「曙光」之意。女子生於內蒙古自治區，高中畢業後和交往多年的青梅竹馬一同離開故鄉呼和浩特，來到北京上大學。男方生日是二月二十二日，與二月二十日出生的烏仁圖婭生日只差兩天，因此兩人每年都會在二月二十一日這天來訪長城。

「他說了，萬里長城是咱們中國最偉大的建築，要讓長城見證我們不渝的愛情。」

烏仁圖婭低著頭靜靜說道。雪光映到她的黑髮上，反射出飽含濕潤的光澤。

「曙光」這名字，可真是名副其實。她心想。

周遭親友都一致認為烏仁圖婭與男友大學畢業後就會步入婚姻，誰知兩人在畢業前夕，關係產生了裂隙，原因是男友沉迷賭博已久，等烏仁圖婭發現時，男友已身負巨債。

「事情傳開後，父母非常反對我們的婚姻，而我自己理智上也明白，絕不能就這樣跟他結婚。但我太喜歡他，怎麼都沒有勇氣向他提分手，就這樣拖拖拉拉過了一年，最後還是他向我提的分手。他說，不能再這樣繼續糟蹋我的人生了。那時他也和家人搞得幾近決裂，根本也無心於婚姻。我說，我不想分手，於是他便說，那請妳等我三年，如果我成為一個配得上妳的男人，有能力回到妳身邊，我會在二月二十一日這天，在萬里長城下等妳。」

從那之後每年，烏仁圖婭都會在二月二十一日這天孤身來訪長城，赴一場毫無保證的約，等一個未曾到來的人。直到今天已是第三年，當然，男方並未現身。

她對女子的故事大為動容，這種彷彿只存在於古典小說裡的純愛故事，竟然真實存在於二十一世紀的今日。萬里長城萬里長，面對著永垂不朽的長城，立下永世不渝的海誓山盟，讓長城守候著彼此今生今世——這的確是一種足以令所有中國人痴狂醉心的中式浪漫，就連身為台灣人且並非當事人的她，也不由得對烏仁圖婭的故事感到一種近於思鄉的懷舊之情。然而浪漫歸浪漫，正如魑魅魍魎必得於照妖鏡前現出原形，這類縹緲夢囈也終究經不起名為現實的鏡面映照。兩人約在「萬里長城下」見面，這種地點規模實在太過宏大，有約等於沒約；就算把所謂「萬里長城」的範圍限縮到她們目前所在的八達嶺長城，依然太過巨大，且「二月二十一日」這個時間跨度也太過曖昧。也就是說，除非奇蹟顯現，否則兩人根本無法見面。在她看來，這個不可能實現的三年之約，打從一開始就是為了讓兩人接受彼此已無法繼續在一起的事實，而設下的儀式。即使如此，想到烏仁圖婭竟仍不屈不撓地連續三年來訪長城，她便不得不由衷感佩烏仁圖婭的堅強。

其後，她與烏仁圖婭一同搭乘火車回到了北京北站。臨別之際，她問烏仁圖婭：

「妳明年，還會去嗎？」

烏仁圖婭沉默了一陣後，才回答：

「我想，會吧。」

烏仁圖婭筆直凝望著她的雙眼，繼續說道：「因為已經習慣了。而且其實我的旅途也並不只是為了赴他的約。我覺得旅行的意義，在於遇見更好的自己。每次，都有不一樣的收穫。」

從見面至今，烏仁圖婭首次露出了笑容，對著她嫣然一笑：「像我今年，就遇見了妳。」

語畢，烏仁圖婭邁出步伐，與她走向不同方向。真美。她一邊在心裡反芻著烏仁圖婭的笑靨，一邊暗自讚嘆。望著烏仁圖婭遠去的背影，她又想起了那名字的意義，「曙光」。烏仁圖婭肯定能堅強地走下去，直到黎明的第一道光為她驅散黑暗為止。

但她不同，明年的世界已沒有她的存在。人生最後一趟旅程已逐漸接近終點。這是只屬於她的獨舞，一旦起舞，必得舞至幕落，方可罷休。

抵達雪梨國際機場，是在同志遊行前兩天。一下飛機立刻有扮裝皇后等在一旁，將雪梨同性戀狂歡節*的傳單塞到她手上，令她感到相當不可思議。到了市中心她更驚訝地發現，這城市滿溢著六色彩虹旗，不論是超市、百貨公司、公園、酒吧，甚至是市政廳，全都妝點著大大小小的彩虹旗或是彩虹圖樣，宛如聖誕節的聖誕裝飾一般。就連ATM螢幕也因應Mardi Gras，背景成了彩虹色，畫面上顯示著一對女性情侶接吻的圖像。

遊行是週六晚上七點開始，但下午三點，遊行會場牛津街（Oxford Street）沿道便已設起了鐵柵欄。有人沿街賣著彩虹商品，也有人在路邊化妝換裝，為遊行做準備。附近的高樓公寓許多戶都在陽台掛起了彩虹旗，整條路洋溢著彩虹色的活力。

室外炎熱，她便走進一間名為Hungry Jack's的速食店，點了一份炸雞跟薯條拿到二樓，在窗邊的座位坐下。店內擠滿了來看遊行的觀光客，許多不同語言紛飛交錯。她靜靜地望著窗外的風景，等待遊行的開始。

「嗨，請問妳是一個人嗎？」

突然有陣男性嗓音以中文向她搭話，使她嚇了一跳。轉頭一看，身旁已坐著兩個男性，看起來是一對情侶，兩人都靜靜地望著她，等她回應。男性方才的中文帶著明顯的台灣腔，因此她估計兩人是看出了她也是台灣人，才向她搭的話。

「嗯對，一個人。」她回答。「你們怎麼知道我也是台灣人？」

「我看到這個。」

向他搭話的那個男性伸手指了指她的包包。包包拉鍊開著，看得見放在裡頭的繁體中文版陳雪《惡女書》的書脊。

「看妳帶的東西滿像日本貨的，所以我們也猜想妳會不會是日本人。」

另外一個男性以同樣帶著台灣腔的中文對她說道。

「不過我們想，日本人應該滿少像妳這樣單獨行動的，所以還是猜台灣人了。」一開始向他搭話的男性接了下去。

＊譯註：Mardi Gras，原為法語「肥美的星期二」之意，為狂歡節的最後一天，但在雪梨是指「Sydney Gay and Lesbian Mardi Gras」。

「真厲害，猜對了。」

她笑著如此說道。看到她卸下心防似的笑容，兩個男性也像是放下了心，繼續跟她談話。

「妳讀陳雪，又在這個時期到這裡來，莫非妳是……」

「是啊，我是女同志。」她一邊驚訝於自己回答的乾脆俐落，一邊說道。「你們在交往嗎？」

「算是吧。我叫柏彥，他叫八四。」一開始向他搭話的男性指著另一個男性，介紹道。「因為他身高有一百八十四公分，所以就叫他八四啦。他好像從高中就這個身高。」

因為兩人都坐著所以她並未察覺，經柏彥一說，她這才發現八四的確比柏彥高出半顆頭。借柏彥的話說，「這樣的身高差很方便接吻」。聽了柏彥這句話，八四有些靦腆地傻笑了起來。

「你們也是專為狂歡節來的嗎？」她向兩人問道。

「不是喔，我高中畢業後就來了，現在在這邊念碩士，經濟學。」

柏彥說完後，望向八四。八四便交棒似地接了下去：「我念的是台灣的大學，現在是以交換學生的身分，來柏彥的大學留學。我們是在大學裡的男同志社團認識的。」

「一開始的確是在社團裡認識的啦，但也多虧了男同交友 APP 才好起來。」柏彥笑著說道，「平常幹慣了洋人，想說好久沒幹台灣人了，就上 APP 找砲友，見了面才發現，幹，怎麼是你！」

八四耳根子都紅了起來，輕輕地拍了拍柏彥的肩膀。「人家女孩子在這邊，你怎麼這樣講話啊？」

「這你們倒是不用介意。」看著兩人嘻笑打鬧，她彷彿也感染了兩人的幸福氛圍，不自覺地笑了出來。「在雪梨的生活，過得怎麼樣呢？」

「這個嘛，」柏彥稍微想了想後，才回答道：「我以前也去過不少國家旅行，發覺其實每個國家都各有優缺點。但住在雪梨，我覺得，雪梨兼有美國的多元、西歐的優雅、日本的清潔與便利，以及台灣的良好治安，好多國家的優點都有了。」

「對同志族群也滿友善的。」八四說道，「住得頗安心，雖說是異國，卻沒有找不到容身之處的感覺。我在台灣已經算是讀對同志最友善的大學了，也加了男同志社團，每天都過得還算充實。但就算如此，我還是常常覺得，自己和世界有種不相容感。該怎麼說好呢……我存在於世界裡面，世界在轉，我也在轉，但我轉動的軌跡，和世界的軌跡，感覺是完全不同，且毫無關聯的兩種事物。」

「內離。」柏彥接著說道，「雖然一樣事物包含著另一樣，但兩者的軌跡卻永不相交。」

「對，內離。兩者既不互斥，也不互相吸引，就是一個圓裡面存在著另一個圓，如此而已。」柏彥替他找到了適當的詞語，這讓八四看起來很是開心，他笑著繼續說道。「但在雪梨，兩圓是會相交的，大圓和小圓是有關聯的。就算你不是圓也沒關係。管你大圓裡面是三角形還是四方形，或是其它什麼更不規則的形狀都可以。」

「也不能太不規則啦，畢竟還是有法律的。」柏彥吐槽道。

「知道啦，還用你說。」八四開玩笑地拍了一下柏彥的肩膀，兩人又同時爆出一陣笑聲。

她還沒能完全理解自說自話的兩人對話裡的譬喻，但比起那個，有件事讓她更為在意。

「對同志最友善的大學……你是指哪裡？」她問道。

「台大。」八四又露出一副靦腆的表情，回答道。

果真如此。她曾懷抱著種種憧憬，結果卻度過了四年黑暗時代的，那座杜鵑花盛開的學術之城。如今，台大這兩字聽起來，甚至令她有種懷念的感覺。

其後，她與那對令人莞爾的男同志情侶一起觀看遊行。下午五點，牛津街沿路已擠滿了等待遊行開始的觀光客。據柏彥所說，每年約有數十萬觀光客從世界各地來看這場遊行。人們臉上掛著燦爛的笑容，不管認識不認識的人打了照面就互道「Happy Mardi Gras!」，自然得彷彿像在說「Merry Christmas!」一樣，這也令她頗為訝異。

晚上七點（雖說是晚上，但天仍亮著），拉子機車軍團震耳欲聾的喇叭聲和引擎聲，為盛大的遊行揭開了序幕。等她實際親眼見識到了遊行的風景，她才真正感覺自己理解了八四的譬喻。那是在東京的遊行裡絕不可能看到的光景。支持性少數的各種團體和企業當然有各自的隊伍，其外還有藍領工人、醫師、消防隊員、警察、軍人等各種行業的性少數者聯盟也動員了起來，穿著各自的制服走在遊行隊伍裡。警車和消防車也理所當然地出動了。東京的遊行也可以看到警察和警車，但他們出動是為了維持秩序，為了把遊行隊伍的領域和日常生活的領域隔開。但在雪梨，他們就是遊行的當事者，光明正大地走在遊行隊伍裡，這帶給了她不小的衝擊。

除了各行各業的性少數者聯盟外，還有身心障礙者、猶太人、荷蘭人、愛爾蘭人、天主教徒、穆斯林、無神論者等各種屬性的團體，拉著寫有各自隊伍名稱的巨大橫幅行進著。也有同性伴侶帶小孩一起出動的隊伍。是啊，若是自己像那些小孩一樣在此地出生成長，那麼不管是 love and peace，或是 it gets better，或許自己都能打從心底相信了也說不定。望著緩慢前行的遊行隊伍，她心中如此想道。而一旁那對令人莞爾的男同志情侶完全沒入了現場的歡樂氛圍裡，時而向著遊行隊伍揮手，又叫又跳，時而對隊伍裡的男人體格身材品頭論足，嘻笑打鬧。望著這兩人，她感到內心一陣溫暖，卻又有種淡淡的苦澀哀傷。戀人這種生物哪，在他人看來總是令人莞爾的，他們陶醉於短暫至近乎剎那的熱情之中，因而盲信名為永遠的虛幻概念。她與小雪，從前也是如此嗎？自己竟也曾經有過這種時代，有過這種狀態，如今想起還真是不可思議。然而她與小雪的關係，直到最後的最後，仍然沒能公諸於世。

她突然沒來由地想念起了小雪，渴望知道小雪現在身在何方，又在做些什麼。

遊行一直持續到晚上十一點半，結束之後人們依舊沒有一點疲色，三三兩兩前往酒吧或夜店續攤去了。她告別那對男同志情侶後，也不想直接回到飯店，便走進附近的酒吧，獨飲至深夜四點，才步行回到住處歇下。

再度睜開眼時已近正午，她感到頭有些疼痛，然而晴朗的天空卻藍得比昨日還要澄澈，頭頂的蔚藍逐漸延伸至遠方的純白，凝望著那鮮明的漸層，她感到一陣爽朗，與此同時不知為何卻一陣心痛，眼中幾乎泛淚。

在岩石區（The Rocks）一間看得見海的餐廳用過餐後，她便動身前往藍山。開著租來的汽車，靠著地圖，兩個半小時後她便順利抵達了林肯巖。下午四點的陽光不似正午猛烈，迎面吹來的微風也相當舒適。或許因為是週日的緣故，懸崖上來了十幾個觀光客。若從此處躍下，應該多少會對他們造成一些陰影吧。不過不管跳下之後世界變得如何，也都與她無關了。

從懸崖上眺望的風景正如照片裡看到的那樣壯觀，頭上是無垠的藍天，眼下是不斷延伸至地平線的深綠森林。遠方的山巒升起一層淡薄的藍色霧靄，使天空的藍顯得更加鮮豔。懸崖的地面是軟質砂岩，用金屬便可輕易刻字，因此到處都刻著人名、心形以及愛的小雨傘。

她找到之前在照片裡看到的那個形似跳水台的地方，站到了台的邊緣。往腳邊一望，斷崖絕壁底下的地面是看來頗為堅硬的岩石。由於周遭有許多人都站在懸崖邊緣拍紀念照，因此沒有人對她的行動特別留意。站在懸崖邊，她靜靜地眺望著眼前的美麗景色。只要再向前一步，她就會落到懸崖下方，將灰色的岩石染上一片鮮紅。

她回想起這一路上看過的風景，以及旅途中邂逅的人們。被氤氳水氣覆蓋而顯得朦朧的金門大橋，以及全身被雨淋濕、靜靜望著橋的 Caroline。如白銀巨龍般蟠踞群山的長城，以及仰望長城的烏仁圖婭。六色彩虹四處騰躍的遊行隊伍，以及一邊觀賞遊行隊伍一邊嘻笑打鬧的柏彥與八四。夜不眠的紐約曼哈頓，石牆酒吧茜紅色的鮮豔霓虹，冬日暖陽舒適地糝在中央公園裡。秦始皇陵與華清宮南倚驪山北臨渭水，大雁塔南側玄奘三藏的塑像莊嚴佇立，一旁廣場上各個世代的男男女女歡欣跳著廣場舞。緋紅的紫禁城覆著純白的雪，狹窄微髒的胡同受霧雨濡濕。然後是雪梨，碧藍得使人不禁吞聲的天空與海洋，群山神聖幾乎要讓人忘卻世間所有苦痛的存在——

她閉上雙眼，霎那間蒼穹、白雲、群山、綠樹都為無邊的黑暗所覆蓋。二十八年的人生裡所見過的人事物，那些景色與人物表情歷歷在腦海裡打轉翻騰。而後漸漸地，那些景象也沉澱了下來，不久，知覺的表層回歸到不興一絲波紋的平靜水面。

一滴淚沿著臉頰滑落，感受到那滴淚滑下的同時，她才注意到，自己有多麼醉心於這塵世的美，多麼由衷地愛著這個塵世。這世界啊，人要求生則嫌太過狹窄拘束，要求死卻又有太多羈戀牽絆。直到經過與世界作別的旅途，真正站在生與死的邊界上，她才重新體認到自己對這世界的眷戀之情。

但就連這種眷戀，也救不了現在的她了。獨舞即將迎接幕落，若不在此時畫下句點、拉下簾幕，便是歹戲拖棚了。

她閉著眼向前踏了一步，感覺身體漸漸、漸漸地失去了重力。

*

她在穿越一條隧道。好長、好暗的隧道。

不知經過了多久，她走入一片荒野。周遭依舊一片漆黑。她不明白為什麼明明一片漆黑卻仍知道自己身在荒野，但她肯定那就是一片荒野。

荒野裡有條河，廣闊而湍急，大概要直奔流入大海吧。回過神時她發現自己站在了河中央，卻感覺不到水壓，水也不冰冷，甚至有些溫暖。不知為何，河川的觸感帶給她一種懷念的感覺。河裡也站著其他人。存在於記憶裡的人，與不存在於記憶裡的人。空中漂浮著許多詞語。日語的詞語，與中文的詞語。她伸手碰觸那些詞語，詞語便啵地一聲破裂消失了。

一陣絲線斷裂的聲音傳來。她朝聲音傳來的方向凝眸望去，便看到一陣微弱的光芒。她企圖往光的方向走去，雙腳卻沉重而動彈不得。有什麼東西抓住了自己的雙腳。突然她感到一陣劇烈頭痛，便反射性地以手緊緊壓住了太陽穴。

17

在眩目的光線中甦醒時，她發現自己身上蓋著溫暖的棉被。

太陽穴尖銳地刺痛著，全身沉重無法動彈。周遭是一片過於乾淨的純白，望著天花板上的光源看了一會，她便感到一股嘔吐感從身體內部湧上。她試著轉動眼球，將視線從天花板往下移動，便發現視野邊陲恍惚之中彷彿有著兩道模糊的影子。她略瞇起了眼用力看了看，才發現那不是影子，而是因逆光而模糊暈開的兩道輪廓。輪廓的細節她看不清，但輪廓的嗓音卻清楚地傳進她的耳廓。

「迎梅。」

那名字與那中文的發音都太過熟悉而令人懷念，使她一時之間想不起來這裡是什麼國家，而自己又身處什麼時代。她再次闔上雙眼，黑暗之中或白或紫的光暈不規則地舞動著，時而融合時而飛迸。突然喀噠一聲傳來門打開的聲音，有人走了進來，以她不熟悉的語言和剛才出聲叫喚她的那個輪廓說了些什麼話。那語言她若用點力去聽應該是能聽懂的，但現在她沒有多餘的力氣去聽了。睡意如厚重的簾幕，不由分說沉沉地蓋了下來。

意識從睡眠的深海之中再次浮現時，光源已然消失，周遭一片漆黑。她掙扎著從柔軟的床榻上坐起，一陣劇烈且難以抵抗的飢餓感與乾渴感便襲了上來，她方才領悟到自己仍然活著。她定了定神望向四周，藉著從窗戶流淌進室內的銀白月光，以及從門板底下的縫隙流洩進來的金色光粉，好不容易才看清房內另外兩個人的輪廓。其中一人躺在沙發上，另一人則是坐在床邊地板，把頭倚在自己所躺臥的被床上，兩個人似乎都沉沉睡著。

她試著出聲叫喚，卻發不出聲音。意識朦朧之中她伸出手，描摹般地以手指輕撫坐在床邊的人的臉頰。那臉頰的肌膚柔嫩溫暖而富有彈性。等雙眼習慣了周遭的黑暗之後，那人的臉也漸漸看得清了。她努力於記憶的海洋之中探尋那臉頰主人的名字，在她終於從深海裡撈起那熟悉名字的瞬間，她不禁渾身一顫。

或許是被她觸摸的緣故，坐在床邊的那人也醒了過來，一邊揉著惺忪的雙眼，一邊坐直了上身。兩人視線交會，就那樣無語相看了好一陣。

幾乎是反射性地，一句台詞從她腦中霎忽浮現。

「噢，你也在這裡嗎？」

——她依舊想不起「這裡」是哪裡，但對於楊皓雪就存在於自己眼前的此一事實，她沒有任何一絲不可思議的感覺，就像某個遙遠冬日午後圖書館裡的光景一般，她感到眼前的景象也像是一幅色彩極為調和的美麗繪畫。

小雪像是猛然回過神般站起了身，打開電燈便飛奔出了門外。等她再次回到房裡時，身後跟著一個身披白袍、褐色頭髮，看起來年約四十多歲的女性。她這才明白自己正身在醫院病房裡。

女醫檢查了她的脈搏與血壓，微笑著向小雪點了點頭後，便走出了房門。過了不久，一位看似護理師的女性手持托盤走了進來，托盤上盛著食物，炒蛋、香腸、麵包與奶油，另有一小罐寶特瓶裝的礦泉水。原先躺在沙發上的女性也坐起了身，安靜地凝視著她進食。女性一頭齊肩短髮，雙頰略顯圓潤飽滿。她覺得自己見過那女性，卻怎麼也想不起是在哪裡看過的。

飢餓與乾渴感平息之後，許多疑惑便隨著逐漸恢復的記憶湧了上來。護理師回來收走了托盤，用英語對她說了聲「好好休息吧」便走了出去，房內終於只剩下她們三人。她與小雪再次無言地凝視著彼此，令人毛骨悚然的沉默如一陣濃霧籠罩了整個房間。

她不知道過了多久，可能是幾秒，也可能是幾小時，終於小雪開了口，戳破了那層沉默的薄膜。

「為什麼？」

她立即明白，小雪是在問她為什麼企圖自殺。

「我也想問妳，為什麼？」

她如此回問道。她是在問小雪，為什麼要阻止她。

她隱約記得在自己準備跳下懸崖之時，有人從背後抱住了她。那是在自己意識墮入黑暗之前最後的記憶，現在想來，那人肯定就是小雪。

「因為我不要妳死。」

小雪說道，「若妳死了，我肯定會自責一輩子。」

「自責？為什麼？」

她感到一陣困惑。「為何妳要為她人的生死而自責？」

「不是『他人』，是妳呀，迎梅。」

小雪說道。「這些年來妳的記憶一直糾纏著我，揮之不去。若妳死了，我肯定永遠無法擺脫妳的記憶。」

她陷入了沉默。正如她無法忘卻小雪，小雪也說自己忘不了她。她突然懷疑起自己是否身陷夢境抑或幻覺之中，便凝神再次將小雪從上到下來來回回看了幾遍。即使小雪坐在床緣，依舊可以從她細長的手腳想像她纖細高瘦的身驅，褐色的長髮直直垂到印有水珠花紋的雪紡上衣的胸前。那張側臉比回憶之中成長了不少，卻依舊一陣凜然而無法輕易讀出表情，但又帶著不可忽視的、確切的存在感。她將視線移向掛在牆上的時鐘，剛過午夜三點。

「皓雪所說的，都是真的。」

正當她陷入詞窮不知該說什麼好的時候，另一個女性插了嘴。她望向那女性，確定自己肯定在某處見過她，卻仍然想不起來。

那女性繼續說道：

「不只是皓雪，我也一直都忘不了妳。我一直後悔著，明知那是妳最深的傷痕，卻為什麼還要魯莽地去碰觸。」

她凝視著那女性，陷入一層更深的困惑。突然之間，某節早已斷裂的記憶之絲重又接起，她終於想起了那女性是誰。

小竹。大家都這樣稱呼她，所以她也不清楚她的本名為何，大概也從未想知道過。若果如此，自己或許也在不知不覺之中傷害了小竹。一想到這，她便不知該如何回應，因而發起了愣。

據小雪和小竹所說，兩人雖然大學時代都在台灣同志熱線當過志工，卻因當時分屬不同小組，因此認識彼此是大學畢業之後的事了。兩人從三年前開始交往，過了不久便開始同居，小雪在台北的市立國中當公民老師，小竹則考了公務員考試合格，在台北市政府任職。兩人出社會後都仍持續在熱線幫忙，這次前來雪梨也是熱線活動的一環，是為了參觀 Mardi Gras 而來。

「所以，小竹妳也是圈內人？」

聽完兩人的近況後，她如此問道。

「我是雙。」

小竹點了點頭。「迎梅妳還在手語社時，雖然常和大家玩在一起，卻時常露出一種空虛的表情，像是在凝望著遙遠的什麼似的；就算妳笑著，看起來也彷彿是在勉強自己一樣。我那時就喜歡妳了，所以看到那樣的妳，我都覺得好傷心。」

她終於想起那個夜晚，社課結束之後，她受小竹邀請，兩人並肩在校園內散步。氣溫適中，微風清爽，柔涼的月光在雲後忽隱忽現，她望著小竹的側臉，小竹面容認真地在述說著些什麼。

「後來我在某次聚餐意外得知妳以前發生的事，便以為自己終於碰觸到妳悲傷的根源。」

小竹繼續說道。「後來回想起來，我真的不該輕率地以為自己能理解他人的苦痛。我真的沒想到妳會因為我輕率的舉動，從此就不再來手語社了。」

望著如此述說的小竹，她突然失去了現實感，彷彿眼前這個述說著往事的女孩並非七年不見的舊友，而是某個自己素不相識、毫不了解的人。小竹所述說的往事，也彷彿是與她完全無關的，某個身處遙遠他方的人的故事。

她未曾察覺小竹的情感。當時她光是要過好自己的生活便已用盡了全力。平息不斷翻騰的情感暴浪，以讓日常生活的小船能每日如常運行，這整個過程就像是在暗夜之中走鋼索渡行一般岌岌可危。

小竹話說到一個段落，便將自己沉入沙發中，低頭陷入了沉默。面對自己未曾想像過的小竹的心緒，她也不知該如何反應，只得讓乾枯的沉默橫亙於她們之間。

過了幾分鐘，她才終於找到了適切的話語。

「抱歉，小竹，當時的我並沒有餘裕，去區分他人的善意與惡意。」

小竹聽了，這才開朗地笑了起來。

「不會，我才應該要道歉。當時的手語社對妳來講，應該是很重要的地方吧？抱歉，搶走了妳這麼重要的地方。」

「迎梅，其實妳被許多人所愛，遠超出妳自身的想像。」

一直沉默聽著的小雪突然插嘴，如此說道。小雪的語氣不像是責備與歸咎，也不像是安慰與勸解，彷彿只是提起某個既定事實，並將那事實展示在她眼前的，那般客觀與冷靜。「且妳也能愛許多人，這也遠超出妳自身的想像。」

「妳憑什麼這麼說？」小雪的冷靜語氣使她產生反射性的排斥，她如此回問道。

「我從以前就覺得，迎梅妳雖然常表現得像是在享受孤獨一般，其實內心卻相當渴望與他人產生關連。」

小雪一邊思考，一邊像是在謹慎挑選著每個詞語一般，緩慢地說道。「這次妳也是想賦予自己的死亡以意義，才來到雪梨的吧？換句話說，妳仍信仰著意義這回事。若真的什麼都不相信了，也沒必要特地來這裡了，不是嗎？」

她一時半刻間無法理解小雪的話語，而感到一陣困惑。漸漸地那困惑轉變成一種近似於憤怒的情感，她無法自抑地對兩人大叫出聲。

「妳們到底想怎樣？突然出現破壞我的計畫，現在又在這邊說一些鬼才聽得懂的話。明明都消失了好幾年了，憑什麼來阻止我？」

面對她突然的大吼，小雪和小竹臉上一陣愕然，兩人都陷入了沉默，只得靜靜地望著她。門外走廊有人走過，傳來一陣輕微腳步聲，敞開的窗外樹木迎風搖動，窸窣作響。

「突然消失的，是迎梅妳啊。」

半晌，小竹從沙發站起，一邊思考，一邊緩慢而慎重地說道。

「妳不來社團之後，我有一陣子都不敢去找妳，後來終於下定決心要聯絡妳，妳卻像蒸發似地，整個人消失不見了。」

「那還真是抱歉喔，畢竟我改了名，又離開了台灣嘛。現在世界上已經沒有迎梅這個人了，我的名字叫紀惠，好嗎？呵，結果事實證明，改名也改變不了什麼。」

她以自嘲般的口吻如此說道後，又轉而責問小雪。「我還想問問妳，為什麼我死了妳就得自責？就因為妳口口聲聲的『愛』嗎？妳不覺得這樣太自以為是了嗎？」

聽完她的話後兩人面面相覷，從兩人臉上一副「原來如此」的表情推斷，兩人似乎是現在才知道她改了名字。

「好，紀惠。」小雪面向她，開口說道，口吻裡又多了幾分鄭重。「或許『自責』

的確是一種自以為是的情感，但這情感背後卻有著遠比『愛』來得更具體的根據。」

小雪深吸了一口氣後吐出，才繼續說道。

「那個犯人在四年半前被捕了，他是個強姦慣犯，主要在中部地區犯案。開庭時我去旁聽過，因為我覺得紀惠妳可能也會來，我就能見到妳。開庭地點就在台中女中旁邊的法院，出庭作證的受害者就有五個，所有人在受害當時都和同性在交往。犯人也自白了，說自己的妻子其實喜歡的是女生，有天突然拋下他不管和別的女人私奔了，所以他才懷恨在心，專挑女同志下手。

「問題是，為什麼他會知道妳是女同志？那次開庭並沒有提到，後來我讀了判決書才知道的，當時他從逢甲大學就一直在跟蹤我們。等我跟妳在公車站牌分開後，他就隨機選了一個繼續跟蹤。

「這樣想來，受害的是妳而不是我，其實只是純粹的偶然罷了。」

小雪述說的內容太出乎她意料之外，使她一時之間啞然不知如何以對。她不知道該如何面對、如何理解這些事實，也不知道究竟該作何反應。

小雪繼續說道。

「知道這些事之後，我腦中就有兩種不同的念頭時常來來去去、相互抗拮。一種是『為什麼不是自己而偏偏是紀惠？』，另一種則是『還好不是自己』。與此同時，我好厭惡自己，好討厭自己竟存有那麼一絲絲慶幸的念頭，自私地想著『還好不是自己』。在妳最艱難的時刻，我就只顧著埋頭於自己的生活之中，沒能為妳做點什麼。

「所以若妳死去，我肯定會永遠為自責所折磨。紀惠，我就跟妳一樣，也想從過去得到解放啊。」

小雪的口吻冷靜而平淡，沒有露出一點情緒的激昂，但語調卻宛如鍛冶金屬那般鏗鏘有力，帶有某種堅定的意志。

她不禁在腦海裡想像，在那個沒有月亮的悶熱夜晚，若遇到那種事的不是自己，而是小雪的話——光是想像就使她不禁全身悚然，她絕不允許那種事發生。還好，是自己——然而與此同時，一道嗓音在腦中細碎低語著：為什麼非得是自己不可？沒理由自己的生命比較卑賤，為什麼不是小雪，而偏偏是自己——

她一邊來回咀嚼著這兩種相反的意念，一邊思考著：或許小雪也一直懷抱著類似的矛盾，所以自己的死亡，將會成為她的傷痕——

「並不是我特別脆弱，而是人類都很脆弱，是嗎？」

她靜悄地，確認般地如此問道。

聽了她微弱如喃喃自語般的話語，小雪直直凝視著她的雙眼，用力地點了點頭。

「紀惠，妳已經夠堅強了，堅強到了逞強的地步。」

在小雪雙眼凝視之下，她腦中浮現了一幅畫面。不見一縷微光的深夜舞台，一位女舞者穿著一襲黑衣，安靜跳著無聲的舞蹈。沒有觀眾，也沒有舞伴。舞者孤獨地舞著，時而以雙臂在虛空之中畫出弧線，時而以單腳為軸翩翩回旋，時而躍至空中翻轉跟斗。舞者不知要舞到何時，彼處既沒有時間也無論空間，所以只能一直舞旋下去，直到精疲力竭、渴盡最後一滴生之能源方止。

「妳要不要回台灣來？」

小竹如此提案道。「我現在和皓雪一起住，還有房間空著。不管妳是迎梅還是紀惠都無所謂，我們三人一起住，組個彩虹公寓吧。」

一道光線穿入舞台之中，撕裂了黑暗。那光線匯聚變形為一扇光之門扉，靜悄地釋放著微弱的溫度。為什麼從前都沒注意到呢？舞者伸手，放到門的把手上。這扇門不過是隱於黑暗之中看不見罷了，其實一直都存在著的。

「還是算了吧。」

面對小竹的提議，她交互凝望著小竹和小雪，沉吟了一陣後，如此回答道。回頭望向窗外，便見上弦月高懸在夜晚無雲的天穹之中。將視線轉回室內後，她揚起嘴角，對著兩人微微一笑。「扶桑已在渺茫中，家在扶桑東更東。日本這個好不容易才建構起來的容身之處，我還不願意放棄。」

聽了她的話，小雪和小竹互相對望，這才首次露出了安心的微笑。

兩天後，她前往雪梨機場送小雪和小竹回國，她自己也預計要搭三天後的飛機回到日本。出發前為了在入境時不被懷疑來意，回程機票她也事先買好了。

下午三點，機場充滿著來來去去的旅客，一片喧騰雜沓。旅客幾乎都穿著夏季的服裝，小雪和小竹卻將薄外套放在手提行李裡。經歷十小時的飛行之後，兩人就要回到位於北半球的那座季節與風向都相反的小島，回歸到各自的日常生活裡。跨越了赤道之後季節就不同了，細細想來還真是不可思議。

就結果而言，她還是活下來了。待到未來回首這次和小雪與小竹的偶遇時，她究竟是會銘謝於心，抑或是會恨忿入骨，她現在仍不得而知。站在海關入口前，她一邊凝視著小雪與小竹遠去的背影，一邊想著，若人生不過是為某種神祕力量所操縱的傀儡，那麼她的生存之於那股操縱傀儡的神秘意志而言，究竟是一種反叛，抑或是一種屈從？此時此刻，她仍沒有結論。

不管如何，回到日本後必須面對的難題仍堆積如山。工作可能因為怠忽職守而早遭解雇，住處公寓也可能因欠繳房租又音訊不通而被強制遷出了。秘密暴露之後，她也必須面對自己的人際關係並做一個清算，更必須為對朋友的訊息已讀不回想一個好理由來解釋。她並未對小書心存怨恨，但今後該如何面對小書，她仍必須整理好自己的情緒才有解答。若真正認清了這些眼前的現實，現在應該沒空去悠閒地思考那些形上學的問題才對。

比起那些問題，她現在更想寫小說。在從機場前往市中心的接駁車內，望著不斷向後流逝的景象發呆，突然一股意念在她腦中閃過。耗費了十年，她有種預感，覺得自己終於寫得出來了。賴香吟寫過的，「書寫不能治療，那是本身快要好才能書寫，那是痊癒之前的一個大口呼吸」。所以能寫，就寫吧，寫出那個在無邊黑暗之中，孤身舞躍的孤獨舞者的故事。

回到市中心時，時針剛過五點，夕照灑在海德公園的群樹之上，反射出炫目的閃耀橙光，草地之上坐著幾組情侶與家庭悠閒野餐著。喧囂祭典過後，一切歸於日常。附近地面上有一座巨大的西洋棋盤，一個看來二十幾歲的年輕人正與一位看來年逾七十的老翁對局著，附近聚集了幾個人，興致高昂的觀著戰。一陣微風吹過揚起她的髮梢，她不自覺抬起頭，望向天空。

天空依舊明亮，幾綹灰白雲絲煙霧一般輕薄，拉得好長好長。

《獨舞》繁體中文版後記——濃密黑暗裡的一縷微光

李琴峰

身為一個在台灣出生且居住了二十幾年的台灣人，將自己的小說翻成繁體中文，還要寫個「繁體中文版」後記，說起來實在是件奇妙的事。

二〇一三年，我結束在台灣的大學學業，正式做為一個碩士班留學生移居東京，兩年後拿到碩士學位。又過半年，二〇一六年，我進入一家日商就業，親身體驗日本上班族的通勤生活。某個忍受著擠沙丁魚般客滿電車的早晨，窗外仲春景色旖旎，陽光燦爛灑落在鐵路兩旁花草樹木之上，望著眼前的一切迅速往後飛快流逝，突然間，「死ぬ」這個日文單詞從天而降，擊中了我。

「死ぬ」讀作「shinu」，望漢字生義也知道是「死亡」之意，初級日語便該學會的動詞。然而那天早晨，我反覆玩味「死ぬ」一詞，發覺這個詞語帶著某種特殊的興味。在現代日語的動詞裡，以「ぬ」結尾的，唯有「死ぬ」一詞；同時，

「ぬ」這個音節在日語裡，總帶著某種濕黏滑溜的感覺，與水澤湖沼有關，又有點陰暗的印象。擬態詞「黏滑地」為「ぬるっと」，「黏液」為「ぬめり」，「沼澤」為「ぬま」。或許死亡便是這樣一種意象，像一潭深不見底的湖沼，又像某種潮濕黏滑的液體如影隨形地膠著人類。「死」與「ぬ」這種必然性的結合，在語言學上當然純屬偶然，但這種饒富趣味的偶然卻深深吸引著我。在那瞬間，一些關於死亡的字句不斷自體內湧出，我本能地用智慧型手機將這些字句記錄下來，於是《獨舞》的第一段便這樣誕生了。

在我出道之後，屢屢被問及為何母語不是日語，卻要以日文寫作？對我而言，《獨舞》以日文寫成，既是偶然，也是必然。那天早晨的通勤列車上，「死ぬ」一詞恰好以日語的形式打到了我，於是《獨舞》便成了一篇日文小說；然而中文的「死亡」一詞確實不像日語「死ぬ」般，有著上述語言上的趣味，因此那天若打中我的是中文的「死亡」一詞，或許《獨舞》這篇小說便不會誕生。

《獨舞》寫成之後，我將它投至日本傳統代表性純文學新人獎之一的群像新人文學獎，幸運地獲選二〇一七年（第六十屆）優秀作品（相當於佳作，大獎從缺），由此得以外籍日本文學作家的身分進入日本文壇。會投稿群像新人文學獎也不是因為景仰村上龍或村上春樹（這兩位作家都是以群像新人文學獎出道），單純就是截稿日期與限制字數的巧合罷了。二〇一八年春，《獨舞》單行本在日本上市，由舉辦「群像新人文學獎」的講談社出版；二〇一九年，經作者本人翻譯而成的繁體中文版由聯合文學出版社出版，因而得以送到您手中。

《獨舞》創作源起與出版時程大致如斯，而一讀之下，便不難發現其內容相當「台灣」，且相當「同志文學」。進入新世紀之後，台灣的同志文學有所突破，不同於八〇、九〇那個晦暗而籠罩著死之陰影的年代，新世紀的同志文學應當呈現著一種更加豐富而多元的面貌（說「應當」，是因為其實我並沒讀過多少本，慚愧），相較之下，《獨舞》仍充斥著苦痛、不安、自殺與死亡陰影，或許略嫌保守。然而不可諱言，雖然我本身經驗與趙紀惠略有不同，但類似的苦痛、不安與自殺念想，曾籠罩了我的整個青春期乃至大學時期，至今仍偶爾在午夜夢迴折磨著我。主體的傷痛不是一句「時代已經進步」就能解決，無關乎文學史或同時代文學的潮流如何，《獨舞》之於我而言是，有傷痕，所以必須書寫，如此而已。小說裡趙紀惠一面體認到「說不定自己已經算是幸運的了……畢竟自己避開了折磨邱妙津的九〇年代，得以在新世紀安度青春歲月」，卻又一邊受著痛，便是此種心緒之反映。

創作《獨舞》時，有三位女性作家影響我鉅甚，作品裡也屢有提及，我想在此介紹。第一位不用多說，自然是邱妙津。對日本讀者（不論是否為同志族群）而言邱妙津仍頗為陌生，但對台灣讀者而言，想是再熟悉不過。創作《獨舞》那段時期，我是一邊讀著《鱷魚手記》的，因此在敘事文體上多少受了些影響。

第二位是賴香吟，特別是《其後》這部作品。閱讀《其後》是在創作《獨舞》的半年以前。《其後》不僅提供了一個不同視角，讓我得以重新回顧邱妙津死亡的悲劇，以及這悲劇對邱、賴兩人的意義與影響；同時它也提供了我一個契機，讓我深刻思考關於「治癒」這回事。可以說，若沒有閱讀《其後》，恐怕便不會有《獨舞》的誕生。

第三位是台灣讀者較不熟悉的，日本女同志作家中山可穗。中山可穗生於一九六〇年，於一九九三年以處女作《駝背的王子》出道，從此致力書寫女同志戀愛故事，至今已出版近二十本作品，在日本女同志圈頗享盛名。不同於邱妙津與賴香吟，中山可穗的作品更有著一種大眾娛樂小說的取向，然而其華美文體，以及作品裡展現的那種對於戀愛的義無反顧，以及來自彼處的苦痛、不安、徬徨與悲哀，卻深深打動著我。其代表作《直到白薔薇的深淵》也多少影響了《獨舞》的創作。可惜中山可穗的作品裡至今唯一被翻成繁體中文介紹至台灣的，僅有二〇一五年的《愛之國》一書（聯合文學出版社），台灣讀者不太有機會感受其作品的魅力。我由衷希望有天能以自己的譯筆將中山可穗的作品介紹給台灣讀者認識，如此想必便是一大幸福。

除上述三位女性作家外，在日本文壇有所謂「越境文學」的作家如楊逸、溫又柔、橫山悠太，有他們在前面開路，才讓我能更加盡情地悠遊於漢字與假名之間。而本書得以在台灣出版，也該感謝「內容力」公司創辦人黃耀進先生的引介，以及聯合文學出版社周昭翡總編輯和蕭仁豪主編的賞識與協助，同時也感謝紀大偉、楊佳嫻這兩位我景仰已久的文壇前輩撰寫專文導讀，在此致謝。

正如書名《獨舞》所示，「黑暗中的獨舞」為此部作品的重要意象，同時這也是一個自青春期開始便糾纏我多年的意象。它意味著無邊無際的孤獨，舞蹈是為了求生，但生存只會帶來更深的寂寞，為了消解寂寞又必須舞動，於是只得陷入無窮無盡、無可救藥的輪迴。舞者只能期盼在濃密的黑暗之中閃現哪怕是那麼一縷微光，藉以打破輪迴，刺穿黑暗，終息獨舞。

然而那一縷微光具體究竟意味著什麼，卻因人而異，期盼的過程也宛如凌遲。之於趙紀惠，之於我，是否已經覓得那一縷微光，至今我仍不敢斷言；但若有讀者有著類似的、無邊無際的孤獨，且同樣渴盼著那一縷救贖的微光，那麼我衷心希望這部小說，能成為尋覓那縷微光的，一個至細至微的小小線索，如此做為作者，便是萬幸。

二〇一八年十一月五日　於日本神奈川縣新子安

國家圖書館出版品預行編目資料

獨舞 / 李琴峰著 . 譯 . -- 初版 . -- 臺北市 :
聯合文學 , 2019.02
224 面 ;14.8×21 公分 . --（聯合譯叢 ; 85）

譯自 : 獨舞

ISBN 978-986-323-290-2（平裝）

861.67　　107023465

聯合譯叢 085

獨舞 独り舞

作　　者／李琴峰
譯　　者／李琴峰
發 行 人／張寶琴

總 編 輯／周昭翡
主　　編／蕭仁豪
封面設計／朱　疋
資深美編／戴榮芝
業務部總經理／李文吉
行銷企劃／林孟璇
發行助理／孫培文
財 務 部／趙玉瑩　韋秀英
人事行政組／李懷瑩
版權管理／蕭仁豪

法律顧問／理律法律事務所
陳長文律師、蔣大中律師

出 版 者／聯合文學出版社股份有限公司
地　　址／(110)臺北市基隆路一段 178 號 10 樓
電　　話／(02)27666759 轉 5107
傳　　真／(02)27567914
郵撥帳號／ 17623526 聯合文學出版社股份有限公司
登 記 證／行政院新聞局局版臺業字第 6109 號
網　　址／http://unitas.udngroup.com.tw
E-mail:unitas@udngroup.com.tw

印 刷 廠／沐春行銷創意有限公司
總 經 銷／聯合發行股份有限公司
地　　址／(231)新北市新店區寶橋路235巷6弄6號2樓
電　　話／(02)29178022

出版日期／ 2019 年 2 月　　初版
2021 年 7 月 27 日　初版四刷
定　　價／ 280 元

ISBN 978-986-323-290-2（平裝）